la llum del far

El joc secret

Joan Manuel Gisbert

BAULA

Coordinador editorial:
Josep Llussà

Direcció d'art:
Departament d'imatge i disseny GELV

Disseny de la col·lecció:
Manuel Estrada

Fotografia de la coberta:
Cover

Primera edició en català: març 2007

Títol original: *Algo despierta en secreto*

C/ Salvador Espriu, 79, baixos 2a
08005 Barcelona
www.baula.com

ISBN: 978-84-479-1634-4
Dipòsit legal: Z 206-07

Tallers Gràfics Edelvives (50012 Saragossa)
Certificats ISO 9001
Printed in Spain

El 0,7 % de la venda d'aquest llibre es destina a la construcció de l'escola que l'ONG Solidaritat, Educació i Desenvolupament (SED) gestiona a San Julián (El Salvador).

FITXA PER A BIBLIOTEQUES

GISBERT, Joan Manuel (1949-)
Joc secret / Joan Manuel Gisbert. – 1a ed. – Barcelona : Baula, 2007
189 p. ; 22 cm. – (La llum del far ; 64)
ISBN 978-84-479-1634-4
1. Monteforte (Itàlia). 2. Por. 3. Alquímia. 4. Mort. 5. Edat Moderna. I. Títol. II. Sèrie.
087.5:821.134.2-31"19"=134.1

Acabat aquell primer recorregut, el nou propietari de la Casa Fosca va dir per a si mateix:

—En l'essencial, tot coincideix amb el que esperava. Els advocats no em van enganyar. Aquest lloc reuneix les condicions necessàries. Aquí podré crear la meva obra magna.

Els confiats i desprevinguts habitants de Monteforte no sabien encara que, després de quinze llargs anys de soledat, l'antiga i abandonada residència dels Carvacchi tornaria a ser habitada. I no tindrien motius per celebrar-ho.

A dir veritat, ningú a Monteforte no creia ja que tal cosa pogués succeir. La mansió dels Carvacchi no havia estat mai un lloc en què poder viure alegrement. A la seva llarga història hi havia hagut de tot, però era plena de fets atziacs i desagradables.

Els seus mateixos amos, les successives generacions de la família, havien anat avorrint aquell insà edifici fins a allunyar-se'n per sempre més.

Abans que la vella dinastia dels Carvacchi desaparegués de la faç de la Terra, la seva arcaica casa pairal ja havia quedat encallada a les arenes del Temps.

Però algú havia arribat, un desconegut vingut d'altres terres, per fer-la surar de nou a les negres aigües del misteri.

PÀL·LIDES LLUMS MOVENT-SE

Els dies següents, ningú no va veure els dos homes, ni va saber que havien arribat, ni va notar que es trobessin allà. Tant ells com la tartana semblaven haver estat empassats vius per la Casa Fosca.

Havien deixat en llibertat els quatre cavalls del tir. Alliberats de guarniments i arreus, els animals van anar a les valls i tornaren a la vida lliure i silvestre dels seus remots avantpassats. La presència d'aquells cavalls va ser el primer fet estrany que alguns pastors van advertir.

Però els senyals i els indicis directes de la presència d'aquells desconeguts no van trigar a produir-se. Van començar un capvespre i es van prolongar fins a altes hores de la nit. Es veien resplendors a diversos finestrals de la detestada construcció.

Els primers a adonar-se'n van ser uns agrimensors que tornaven ja a hora foscant. Contemplar aquelles llums des-

Enzo no va rebre cap ajut dels camperols que fugien com si els perseguís una amenaça escruixidora. Però la força del seu propi crit el va estirar i el va ajudar a desfer el nus de pànic que l'ofegava. Recobrada una engruna de lucidesa, va poder al final, a les palpentes, trobar l'estreta finestreta per la qual havia entrat. Va llançar a fora el farcell i després es va impulsar cap a la nit oberta.

Va ser com tornar a néixer, als cinquanta-quatre anys, en un llit de terra i pedres escombrat pel vent.

ALGUNA COSA ES DESPERTA EN SECRET

La primera intenció d'Enzo va ser la d'esbravar-se explicant a Monteforte, a tothom qui el volgués escoltar, i als qui no també, els espantosos moments que havia passat a la casa Carvacchi. Tenia necessitat de fer-ho.

Però mentre caminava a poc a poc cap al poble, amb les cames encara insegures, s'hi va pensar i canvià d'opinió.

«Valdrà més que ho calli. Si ho explico, el més segur és que no em creguin i es burlin de mi. O que em prenguin per boig. O que diguin que em passen aquestes coses per beure més del compte. Ja m'ho han dit altres vegades. No, ho callaré. Si viuen tan a prop d'un lloc maleït, ja s'ho faran. Jo no hi tornaré a entrar mentre visqui. Hi ha altres llocs al món, i la majoria, per sort, són lluny d'aquí. I el que pugui ocórrer als altres no és cosa meva.»

En arribar a Monteforte va veure algunes llums a la petita església del poble. Es va preguntar si podria ficar-se allà per fugir del vent gèlid. No seria la primera vegada que utilitzava un temple com a refugi o alberg.

Va empènyer la porta amb la idea que no hi tindria res a perdre traient el cap.

A dins era fosc. Alguns ciris mig consumits il·luminaven marbres, imatges i peanyes daurades. Hi havia una llum ambarina a la zona de l'altar. L'olor de cera li va produir un efecte balsàmic.

Va respirar a gust. No era persona de fe però, després del que havia viscut, allà se sentia una mica més estalvi.

Es va deixar caure en un dels bancs i va posar el farcell en un costat. Li va anar venint una mena de sopor, i a l'últim s'hauria adormit si no fos per la veu que va sentir:

—D'on surts tu, tan a deshora? Hauria hagut de tancar l'església ja fa estona.

Enzo es va sobresaltar. Encara tenia a dins una gran part de la por que havia passat. Aquella veu l'hi va revifar. Veure al seu costat mossèn Mario, el sacerdot que atenia la parròquia de Monteforte i altres de la comarca, no el va tranquil·litzar del tot.

—Què et passa? Per què t'has espantat tant? Vinga, digue'm la veritat. Es nota que alguna cosa et té desbaratat.

A Enzo van tornar a venir-li ganes de parlar del succeït. Potser l'ajudaria a suportar millor la mala sensació que li havia quedat. Una cosa era no dir-ho a les tavernes ni a la plaça pública, però allà, a l'església solitària, confidencialment, potser seria aconsellable.

Mossèn Mario va percebre que el vagabund desitjava parlar d'alguna cosa gens comuna. A la seva cara trasmudada li va semblar veure una ombra de la casa Carvacchi. Per això li va preguntar:

—D'on véns?

Enzo va respondre sense pensar-ho:

—D'un malson.

—Explica-me'l.

—No vull que ho sàpiga ningú més.

—T'escoltaré com si fos en confessió.

Enzo li va anar contant tot el que li havia succeït.

Mentre escoltava, la preocupació del sacerdot va anar augmentant. No sabia fins a quin punt podia prendre allò per cert. Però encara que tot fossin desvaris del vagabund, si aquelles paraules arribaven a orelles de la gent, serien font segura de noves inquietuds. I ja n'eren moltes les que hi havia a l'ambient des de l'aparició de Wolfhart.

Per això va aconsellar a Enzo que s'allunyés de seguida i com més millor de la Casa Fosca. El que volia era impulsar-lo a marxar de Monteforte aquella mateixa nit. El vagabund va acceptar el consell i el va posar en pràctica sense discutir perquè era el que desitjava.

Mossèn Mario li va donar una bossa amb provisions, amb la condició que se les emportés i no tornés a aparèixer per allà fins que hagués passat un quant temps.

Després el va acompanyar fins a la porta de l'església. En passar pel costat de la pica baptismal, mossèn Mario es va humitejar les puntes dels dits i li va oferir aigua beneita.

Aquest va ser el seu comiat.

Com si un mal vent els portés per fer palès que alguna cosa desconeguda aguaitava a la Casa Fosca, uns altres dos personatges hi van entrar furtivament les setmanes següents. I ja no va ser possible evitar que transcendís.

El primer era un pròfug evadit de la justícia, culpable de diversos crims i atrocitats. Va escollir la mansió Carvacchi com a amagatall per a uns dies.

No es va estar a dins ni una hora. Va aparèixer a Monteforte de matinada, trasbalsat, recitant una lletania de paraules incomprensibles.

Quan el sol ja era alt, recobrat en part el seny, va dir i repetir tantes vegades com li ho van demanar, que si a la Terra hi havia portes de l'infern, la Casa Fosca n'era una. Però, malgrat la insistència, no van aconseguir que en digués res més.

Va prosseguir la seva fugida encara amb el pànic al cos i abans de marxar va prometre que mai no tornaria a posar els peus allà. Les seves paraules van causar inquietud i neguit i van estendre una gran sensació d'alarma.

N'hi va haver un tercer. Va ser al qui li va tocar rebre més. I a partir d'aleshores els esdeveniments van entrar en una nova fase.

De fet en van ser dos els qui es van acostar sense que els veiessin als murs de l'edifici Carvacchi. Formaven una parella més aviat extravagant. Es tractava d'un home i una dona que havien unit les seves vides per protegir-se millor de la pobresa. No tenien gaires escrúpols. Anaven com a quincallaires venent pels pobles, però eren també saquejadors, lladregots i entabanadors a petita escala. Eren diverses coses alhora i actuaven segons els moments. Quan l'ocasió es presentava, no acostumaven a desaprofitar-la.

La Casa Fosca els va semblar prometedora. Era idònia per dur-hi a terme una de les seves petites rapinyes. Ja donaven per segur que l'interior de l'edifici devia haver estat buidat i saquejat de tot allò de més valor, però van decidir entrar-hi amb l'esperança de trobar algunes coses que encara paguessin la pena. Després les vendrien al millor preu possible. En un edifici tan gran, encara que molts altres hi haguessin passat abans, sempre es podia trobar alguna cosa.

Com tenien per costum, van prendre precaucions. Primer van estar una bona estona observant la imponent construcció i els seus voltants. No van captar cap senyal que hi hagués algú a dins. Allò respirava abandó d'anys. A mitja tarda van decidir fer una primera entrada abans que comencés a fer-se fosc.

La dona es va quedar a fora, vigilant, per evitar que algú els pogués sorprendre in fraganti. El seu company es va introduir a la casa amb tres sacs buits que, amb una mica de sort, esperava omplir en poc temps.

Durant la primera estona d'espera, ella no va recelar de res. Quan la tardança del seu company es va prolongar més del compte, va començar a amoïnar-se. Era molt estrany que no hagués tret el cap, ni tan sols un moment, per cap dels nombrosos finestrals.

La llum de la tarda ja havia minvat molt. Potser ell aprofitava l'última claror per incrementar el botí. La dona va decidir esperar una mica més abans d'entrar a buscar-lo.

Uns crits que gairebé no semblaven humans van obrir una ferida en l'aire. La veu era tan desfigurada que ella es va pensar que era algú altre el qui cridava d'aquella manera tan desesperada.

Però va reconèixer el seu acompanyant per algunes paraules que van sonar amb claredat. Expressaven una por extrema. Li demanava auxili i, alhora, la instava a allunyar-se d'aquell lloc maleït tan aviat com pogués.

La veu del quincallaire es va continuar sentint, però cada cop més llunyana. Semblava que hagués baixat als soterranis o que fos en estances remotes. Després ja no se'l va tornar a sentir més.

EL BUIT ÉS EL PITJOR

Encara que s'ho va proposar amb tota la seva angoixada voluntat, la dona no va poder reunir el valor necessari per entrar. Va arrencar a córrer cap a Monteforte per avisar del succeït.

Diversos grups de persones van acudir a la Casa Fosca. Els seus rostres mostraven una gran preocupació. Havien passat un quant temps tractant de convèncer-se que la influència de Wolfhart no afectaria les seves vides. Però era una esperança que ja no s'aguantava dreta.

No van sortir nous crits de la casa. El quincallaire no donava senyals de vida. El van buscar pels voltants per si hagués aconseguit sortir de l'edifici i estigués malferit o inconscient.

Tal com temien, no el van trobar. La conclusió es va imposar: fos el que fos el que li havia ocorregut, el quincallaire encara era a dins.

Per no eludir l'exercici de la seva autoritat, Salvatore Bolsena va trucar enèrgicament a la porta. Però ni ell ni cap dels qui havien acudit no esperaven que Wolfhart o Christophe obrissin. Després de tantes jornades sense veure'ls ni saber-ne res, tothom donava ja per fet que els dos estranys homes no eren allà.

I, amb el que havia explicat la dona, creien encara menys possible que fos el mateix quincallaire el qui respongués a les trucades. Se'l donava ja per mort, si la seva sort no havia estat encara pitjor.

Va quedar per a les cròniques que no hi hagué ningú que es veiés amb cor d'entrar aquella nit a la casa Carvacchi, com les circumstàncies exigien. Ni Bolsena, ni el barber i algutzir Umberto, ni el professor Lombardi, ni Alfredo l'hostaler, ni el mateix pare Mario, qui encara no havia dit res del cas del vagabund Enzo, es van oferir a intentar-ho, ni sols ni en companyia d'altres.

Es van invocar raons, impediments, entre els quals la foscor, i altres pretextos, i no van trigar a posar-se d'acord. Les ineludibles investigacions van quedar ajornades fins a l'endemà. A la llum del dia procedirien a forçar la porta de la Casa Fosca.

Només una persona va tractar d'oposar-se a aquell ajornament. La quincallaire va insistir i suplicar, va dir als uns i als altres que el seu company podia necessitar ajuda, que entrar al matí seria massa tard. No li van fer cas. En el fons, ningú no creia que es pogués fer ja res per aquell infeliç. Temien més aviat per si mateixos i per com tot allò podia, a l'últim, afectar Monteforte.

A primera hora del matí, ja amb llum abundant, set homes van accedir a l'heretat Carvacchi violentant sense contemplacions la porta d'entrada. La companya del quincallaire desaparegut, feta un mar de llàgrimes, els acompanyava. Cap d'ells no s'hauria atrevit a entrar-hi tot sol. S'infonien valor els uns als altres. Però en cadascun dels minuts que van passar a dins van notar una sensació d'angoixa que no feia sinó créixer.

L'interior de l'edifici estava quasi completament desproveït de mobles, efectes i utensilis. Es trobava en un estat de nuesa aclaparadora. Estava molt més despullat que el més auster dels quarters o convents, i presentava la desolació d'un lloc deshabitat. Semblava que fes segles, i no solament uns anys, que els Carvacchi havien deixat d'utilitzar l'edifici, com si la por que allà dominava l'ambient els hagués expulsat per sempre més.

De la presència de Wolfhart i el seu criat quedaven poques empremtes. Havien ocupat dues habitacions molt aïllades, a l'ala més extrema i llunyana de l'edifici. Les dues estances, on encara quedaven restes de mobiliari corcat, estaven bastant separades entre elles. L'una era molt més gran que l'altra, però la brutícia i l'escassetat d'elements eren similars a totes dues. Si s'havia de jutjar per tot allò, els dos homes havien dut allà dins una vida austera i miserable en extrem.

Quan van haver escorcollat tot el recinte, des de les torres més altes fins a l'últim soterrani, tractant de reduir a un grau suportable la por que els tenallava a tots, i sense trobar el quincallaire enlloc, es va plantejar un altre interrogant: quines obres havien estat fent els dos homes, a quin fi obeïen les sèries de cops que moltes persones havien sentit?

No va ser possible donar resposta perquè enlloc no s'apreciava ni la transformació més petita. Tot donava a entendre que ells no havien intervingut en cap part de l'edifici, ni eliminant un sol envà ni obrint una simple finestreta.

Però el més desconcertant i anguniós va ser no trobar enlloc, ni viu ni mort, el quincallaire. La dona no podia estar més desesperada.

Lombardi, Bolsena i Umberto, procurant sobreposar-se al neguit incomprensible que els causava l'edifici, van bescanviar opinions.

—No deu ser ja lluny, tan tranquil, mentre nosaltres el busquem aquí dins? —va suggerir el barber.

—Vols dir que es volia desfer de la dona i va escollir l'oportunitat que se li va presentar ahir per fer-ho? —va preguntar Lombardi, i de seguida ho va descartar—: Tant de bo tot es reduís a això, però temo alguna cosa pitjor.

—Com ara què? —va preguntar Bolsena.

—Hem mirat gairebé a tot arreu..., però no del tot —va puntualitzar tristament Lombardi, notant que el rostre se li desencaixava.

—Però si ens hem ficat fins als últims racons dels soterranis! —va protestar Umberto, en un intent va per donar a entendre que, malgrat tot, no passava res greu, i va afegir, per donar un impossible toc desenfadat a la situació—: Passarem tot el dia traient-nos les teranyines de sobre.

—Tan bon punt el sol pugi una mica més i la llum sigui més clara, crec que en algun dels quatre pous veurem alguna cosa.

L'atziaga sospita de Lombardi no va trigar a confirmar-se. Al fons del pou del pati del nord-est van veure alguna cosa que flotava. Amb cordes proveïdes de ganxos van recuperar el cos sense vida del quincallaire. Aquell dissortat no va poder explicar res, però la seva cara encara semblava veure quelcom que li havia glaçat el cor.

I tots sentien al rostre una màscara semblant d'espant.

Envoltant en greu i solemne silenci el cos del malaurat quincallaire, van donar gràcies per no haver acabat com ell després d'haver entrat en aquell lloc maleït que els provocava a tots un tremolor intern que no podien dominar.

HI HA LLOCS ON VAL MÉS NO SER-HI

Quan per fi van arribar, procedents de Verona, un vell jutge i el seu escrivà, l'infortunat quincallaire ja feia dos dies que era sota terra. Per haver estat, així es creia, una mort sense testimonis directes, no hi havia ningú que pogués ajudar a entendre el succeït.

El jutge no va fer cap esforç per dissimular la impaciència que tenia per tornar a Verona com més aviat millor. La pèrdua d'algú tan insignificant com el quincallaire no li semblava qüestió de gaire interès però, com que aquella mort no podia ser considerada com a merament accidental, es va veure obligat a dedicar-li una certa atenció abans d'emprendre la tornada.

Un cop sentides diverses declaracions, va demanar a Salvatore Bolsena que l'acompanyés a la Casa Fosca. Umberto, l'algutzir, també va ser requerit. Pel seu gust no hi hauria anat, però Bolsena no li va donar opció a refusar. Es pensava que sempre valdria més quatre que tres per entrar de nou allà.

Segons el parer del jutge tot es reduïa a tractar de comprendre com havia caigut la víctima al fons del pou. Quan van ser al pati fatídic, va observar el lloc uns moments i va raonar amb aire de suficiència:

—La simple explicació que va caure perquè s'havia fet de nit i estava tot fosc no seria acceptable. N'hi ha prou de veure el brocal: sembla tot d'una peça i no té ni una sola esquerda. Aquesta barana és una sòlida barrera —va assegurar, etzibant-li dues sonores manotades—. Ni un cec que anés per aquest pati no cauria mai al pou per distracció. D'altra banda, si acceptem que aquell home estava sol, i no tenim motius per creure el contrari, ningú no el va poder empènyer ni llançar a baix. Què ens queda? Doncs concloure que per alguna causa, que segurament serà impossible esbrinar, ell mateix va treure el cap per sobre del brocal de manera imprudent i temerària i a l'últim es va precipitar al buit.

Aquella apressada conclusió no va convèncer ningú. Umberto va preguntar amb reticència:

—I la seva cara desencaixada pel pànic?

El jutge va replicar amb agror:

—Quina cara faria vostè morint-se allà baix després d'haver-se copejat de manera brutal en caure?

—Sí, però, per què havia de treure el cap per sobre del brocal d'una manera tan temerària? —va objectar Bolsena.

—No se sap mai —es va desentendre el jutge, com si filar tan prim no fos ja de la seva incumbència, i després va ironitzar sobre la marxa—: Cal tenir en compte que aquests petits saquejadors són com fures, es fiquen a tot arreu. Potser havia sentit que de vegades s'han amagat fabulosos tresors al fons d'alguns pous. Potser esperava trobar allà baix el botí de la seva vida.

Ni tan sols al secretari, que tenia tantes ganes com el jutge de donar per acabada la diligència i anar-se'n, li van semblar convincents aquelles improvisades deduccions.

Potser per justificar-se una mica, el jutge va afegir:

—Abans d'elevar aquestes conclusions a definitives, no serà sobrer fer un cop d'ull per la resta de l'edifici.

Com en un recorregut sense propòsit definit, tots quatre van caminar a l'atzar, cadascun pel seu costat, mirant ací i allà. Al final d'un llarg i estret passadís que rebia, filtrada per la brutícia, la llum d'una alta claraboia, el jutge va veure un antic i enorme mirall que li va cridar l'atenció.

—És estrany —va dir per a si mateix, mirant-se—, estic sol i, això no obstant..., em sembla veure una altra persona reflectida darrere meu. No pot ser. Què és el que produeix un efecte tan torbador?

Es va girar per veure si algú es trobava darrere seu, però estava tot sol. Va tornar a mirar el mirall i veié de nou aquella figura estranya que gairebé es confonia amb la seva.

El mirall era més alt que una persona de gran estatura, i tan ampli com uns braços totalment oberts. El mercuri estava escrostonat i tenia nombroses taques, era com una enorme safata de plata que no s'hagués enllustrat durant molt temps.

El veterà magistrat va tenir desitjos de demanar als altres que hi acudissin per preguntar-los si veien el mateix que veia ell. Però es va contenir. No volia passar per la humiliació de reconèixer que havia tingut aquella lamentable confusió dels sentits. Es va proposar apartar-se del mirall, dissimular el seu malestar i, en tot cas, atreure algun dels altres fins allà amb qualsevol pretext i observar les seves reaccions.

No va poder fer ni un pas endarrere. En un primer moment va témer patir un atac d'apoplexia. Però l'anguniosa pertorbació que el tenia immòbil era d'una altra mena. Naixia d'aquell indret, de l'ominosa influència que exercia.

Estava molt espantat, va voler demanar auxili a crits, ja no li importava que el veiessin en aquella situació, necessitava ajuda immediatament.

Però la seva veu no trobava la manera de sortir de la seva gola. La figura que veia al mirall envaïa el seu reflex tan completament que ja no es veia a si mateix, sinó algú que se li assemblava. Però era un ésser diferent. Diabòlic i maligne.

L'atzar va voler que en aquells instants el secretari judicial desemboqués en aquell passadís. En veure el seu superior allà al fons, hieràtic, com fascinat per alguna cosa que veia al gran mirall, va sentir curiositat i s'anà acostant de manera cautelosa.

No va trigar a lamentar-ho. El primer avís va ser un mareig. Després, a mesura que s'hi anava aproximant, se li van afegir una onada de vertigen, fluixesa alarmant a les cames i una gran sensació de nàusea a la boca de l'estómac.

Els dos homes, atemorits en el més profund de les seves persones, notaven un anguniós buit dintre seu. Eren allà, però semblava com si haguessin deixat d'existir. L'escrivà fou l'únic que, amb molta dificultat, pogué articular unes paraules:

—Marxem d'aquí, senyoria! Aquest és un lloc insà, maleït. No és estrany que el quincallaire morís en aquesta casa. Aquí hi ha alguna cosa que se't fica a dins i et menja el cor.

En veure que el jutge continuava sense moure's i no donava resposta, el secretari va dir:

—No ho puc aguantar més. Faci sa excel·lència el que vulgui. Amb el seu permís, sortiré a fora.

Aquell indici de rebel·lió del seu subordinat va provocar al jutge una reacció indignada que l'ajudà a recuperar l'autoritat i una part del domini de si mateix. Exigint al secretari la fermesa que ell mateix era lluny de tenir, li va dir iradament:

—Quiet aquí: vostè no anirà enlloc fins que jo li ho mani! El càrrec que exerceix l'obliga a demostrar sobrietat i temperància, i una certa dosi de valor. Faci-li honor, li ho exigeixo.

Les veus alterades van atreure l'atenció de Bolsena i Umberto. Guiats per elles hi van acudir. Van veure allà al fons del llarg passadís els dos de Verona i, al principi, no aconseguiren comprendre la situació.

—Cap dificultat? —els va preguntar Bolsena sense saber què preguntava.

—Tornar a entrar aquí ha estat un gran error —va murmurar Umberto sense que Bolsena el sentís—. Aquesta maleïda casa s'hauria de tancar per sempre i esperar que els segles l'anessin destruint a poc a poc fins a acabar-la.

—La intervenció judicial s'ha acabat! —va afirmar el jutge, a qui l'arribada dels altres dos havia ajudat a alliberar-se de la influència del mirall—. Nosaltres hem vingut a causa de la mort de l'home que va ser trobat en un dels pous, res més. Ja hem complert el nostre deure. No som taumaturgs, exorcistes ni res semblant. Si vostès ho consideren convenient, demanin la intervenció del bisbat, o la de qui vulguin. Nosaltres ja hi sobrem, aquí.

JO SEMPRE HE LLUITAT CONTRA LA POR!

A Bolsena i a Umberto els van durar hores la inquietud i l'angoixa que havien acumulat durant la visita a l'edifici. La seva preocupació anava en augment. La Casa Fosca s'estava convertint en un greu problema que no feia sinó créixer. Semblava que el nefast Wolfhart hagués deixat allà una herència maleïda que amenaçava d'acabar la pau d'esperit i l'equilibri dels habitants de Monteforte. La gent començava a estar acovardida. S'havien emportat els infants a d'altres pobles i diverses famílies ja parlaven de tancar les seves cases i anar-se'n.

—No comentarem res del succeït amb el mirall —va dir Bolsena a Umberto—. Faríem créixer la llegenda negra que s'està formant. I allò que convé és tot el contrari.

Però les males noves es van propagar. El jutge no va dir ni un mot però, abans de tornar a Verona, l'escrivà va fer alguns comentaris sobre el mirall i l'anguniós malestar que es respirava dins la casa.

Abans que s'adoptessin mesures per impedir-ho, diversos veïns, sempre a ple dia i en grups d'almenys cinc o sis, van irrompre a la Casa Fosca. Les notícies que allà dins hi havia un mirall on es veien coses que feien por havien creat en alguns la morbosa necessitat de comprovar per si mateixos què hi havia de cert en aquells rumors.

Hi entraven donant-se coratge els uns als altres. Alguns intentaven fer broma per dissimular el seu veritable estat d'ànim, però les xanxes duraven poc. Molt abans d'arribar al lloc on era el mirall, l'atmosfera opressiva i malsana de la casa els feia efecte i els acoquinava. Molts s'acovardien, desistien del seu propòsit i abandonaven al cap de poc de ser allà.

Els qui més resistien, a l'últim ho lamentaven. Quan avançaven per aquell passadís i es trobaven davant del temut mirall, veien imatges que els causaven una por que no podien suportar. Era tanta l'angoixa que arribaven a sentir que només eren capaços de romandre allà uns moments. Sortien corrents de la Casa Fosca i només desitjaven oblidar com més aviat millor el que havien vist i notat.

Quan els temors i les enraonies entraven en una fase crítica, es va presentar a Monteforte l'eminent doctor en medicina Francesco Olmi, de Màntua. L'acompanyava Enrico, el seu ajudant, un jove metge que tenia encara molt poca experiència. Mentre visitaven un adinerat pacient en una localitat propera, els rumors sobre la mansió Carvacchi havien arribat a les seves orelles. Olmi va voler aprofitar l'avinentesa per esbrinar què hi havia de cert en tot allò abans d'emprendre la tornada a Màntua.

No van trobar pels carrers ningú que els volgués acompanyar. Havien arribat a Monteforte a una hora massa tardana. Ja faltava poc per al vespre.

Enrico estava incòmode. No li agradava la idea de ficar-se en un lloc on tantes persones havien sentir una por intensa. Va voler dissuadir el doctor Olmi:

—El cotxer està cansat. Avui ens hem llevat molt d'hora.

—Per uns minuts més no defallirà —va replicar el metge amb irritació—. No vull marxar d'aquí sense abans haver vist aquell mirall del qual tant parlen. Com a home de ciència, no em puc creure ni una paraula de tot plegat. Anem-hi abans que es faci fosc.

La berlina amb què viatjaven el doctor Olmi i el seu ajudant Enrico va arribar a la Casa Fosca quan el sol començava a desaparèixer per sobre de les muntanyes.

Olmi va observar l'edifici dels Carvacchi com si examinés un cos malalt.

—Això no és una casa a la qual es pugui viure —va dir entre dents—, és un indret de sofriment. No cal sinó veure-la. Afanyem-nos, ja queda poca llum.

—L'interior deu ser ple de serps —va dir Enrico mentre hi entraven, com si tingués por que el mossegués una a la mica que badés.

—Segur que els rèptils saben trobar llocs millors que aquest. Nota, com jo, un dolor a les temples?

Enrico ni tan sols va contestar. Pensava que tots dos estaven molt sols, massa, en aquell lloc que tants rumors sinistres originava. Resava perquè la visita s'acabés com més aviat millor.

Francesco Olmi confiava que n'hi hagués prou amb la raó i el resplendor de la ciència per posar en ridícul tots els qui s'havien sentit aterrits en aquell indret.

—Encengui el llum, Enrico. Si no, podem ensopegar en qualsevol moment.

Com que només tenien referències aproximades, els va costar força trobar el temut mirall, i això va ser gràcies que era l'únic que hi havia a tot el recinte.

—Li seré franc, Enrico —va dir Olmi mentre avançaven per aquell passadís—. Començo a penedir-me d'haver vingut aquí. No sé a què pot ser degut, però no em trobo bé.

—A mi em passa el mateix, estava a punt de dir-li-ho —es va apressar a afegir l'ajudant—. Però això té fàcil solució: anem-nos-en i en paus.

—Un moment, no tan de pressa. Ningú no podrà dir que el doctor Francesco Olmi va retrocedir una vegada a causa d'aprensions absurdes.

—No ho diran, perquè no ho sabrà ningú. Quedarà entre nosaltres, com un secret professional —va assegurar Enrico, amb l'esperança que Olmi es fes enrere abans que succeís alguna cosa desagradable.

—Només que ho sabés jo, ja seria intolerable. Jo sempre he lluitat contra la por!

—Vostè afronta cada dia la por, però és d'una altra classe: la por que tenen els pacients de les malalties, del dolor, de la mort. El que notem aquí és una altra cosa. No estem preparats per a això. Sortim, doctor Olmi, li ho prego, serà el més assenyat.

—Calli, Enrico, sisplau, i no tregui les coses més de polleguera. Està exagerant amb els seus temors. Doni'm el llum i quedi's on és si tanta por té.

Ja només els faltaven sis o set passos per arribar al mirall. Olmi va recórrer tot sol aquella petita distància, mentre que el seu ajudant es quedava enrere.

La primera imatge de si mateix que va veure reflectida al mirall li va tornar la calma i fins i tot li va fer apuntar un somriure mentre pensava: «Si fins i tot jo mateix m'he deixat portar una mica per la suggestió de l'ambient, no és estrany que d'altres s'hagin acovardit en un lloc tan solitari i llòbrec.»

No havia acabat encara de formular aquell pensament tranquil·litzador, quan va notar un lleuger canvi en la seva imatge reflectida pel mirall. Fou sobretot en la mirada: ja no la reconeixia com a seva. Es veia a si mateix, com abans, però la seva imatge li semblava estranya, sinuosa, amenaçadora.

Després va venir el pitjor. Va notar que algú el mirava des del mirall. Un ésser que habitava la seva imatge, que havia adoptat la seva aparença, el mirava a través dels seus ulls amb una intensitat que no es podia suportar.

—Enrico, veu vostè el mateix que jo? —va preguntar, amb la veu enfosquida pel desconcert i pel temor.

—A què es refereix, doctor? —va preguntar l'ajudant, que comptava els batecs de les seves temples tement que s'acceleressin massa.

Olmi no va respondre. Veure's al mirall com si ja no fos ell, envaït per una presència que s'havia apoderat del seu cos, i que a través dels seus ulls difonia una maldat inhumana, li va crear una angoixa enorme. Era l'última cosa que podia haver esperat: la seva pròpia imatge li causava una por atroç.

I tot seguit va témer una cosa que era encara molt pitjor: «Si la meva imatge ha estat envaïda d'una manera tan horrible, significa que jo també n'estic, i el mirall no fa més que mostrar-ho?»

Se sentia marejat, defallit. Va pensar que perdria el sentit i gairebé ho va desitjar. Seria una manera de fugir o, si més no, de deixar de patir aquella situació tan anguniosa.

Però no va arribar a caure. Abans que succeís, Enrico va reaccionar:

—Aquí no estem sols, hi ha algú més; ho pressento, ho noto! I no tinc cap desig de saber qui és! Pel que més vulgui, doctor, anem-nos-en ja!

Es va acostar a Olmi, el va apartar del mirall i li arrabassà el llum. En veure que tenia dificultats per aguantar-se dret, el va sostenir amb el seu braç lliure i l'obligà a caminar.

Quan el cotxer els va veure aparèixer es va sobresaltar. Feia l'efecte que fugien d'alguna cosa. I va témer veure's també ell amenaçat per allò que tant semblava espantar els seus passatgers.

No li van explicar res. Tan bon punt van pujar tots dos al carruatge, Enrico, amb la veu encara alterada, només va dir:

—En marxa!

Uns dies més tard, al seu quadern d'anotacions empíriques, el doctor Francesco Olmi va escriure:

Només una vegada a la vida he arribat a sentir-me aterrit per alguna cosa que s'escapés de la meva comprensió. Això és el que em va ocórrer a la mansió Carvacchi, de Monteforte, fa uns dies.

Vaig sucumbir completament al pànic a causa d'unes sensacions que no es corresponen amb la naturalesa lògica i natural de les coses. I haver reaccionat així va ser per a mi, com a home de ciència, una gran humiliació.

Per sort, tret d'Enrico, el meu ajudant, no hi va haver altres testimonis de tan vergonyosa escena. Ell tampoc no ho va passar gens bé. I sé que puc comptar amb el seu silenci. Però això no fa minvar la gran incomoditat mental que m'ha quedat com a conseqüència de tot plegat.

La causa del que vam viure semblava trobar-se en un mirall antic de grans dimensions, però al cap de poc d'entrar a l'edifici ja ens va envair una estranya sensació d'angoixa i malestar.

Atès que per la meva formació no puc admetre explicacions irracionals o ultraterrenals, em proposo esbrinar, i ho accepto com un repte, quina és la veritable causa de les anomalies que fan que l'heretat Carvacchi hagi adquirit la fama de lloc maleït.

Dins del que l'exercici de l'activitat mèdica em permeti, dedicaré una part del meu temps a l'aclariment d'aquestes obscuritats fins que s'estableixi la veritat.

CERIMÒNIA DE PURIFICACIÓ

Tot i que ningú no va arribar a saber fins al cap d'un cert temps com havia acabat de malament la visita de Francesco Olmi i Enrico a la Casa Fosca, els rumors al voltant del mirall al qual atribuïen propietats sobrenaturals no feien sinó augmentar dia a dia.

Es creia que era l'origen de les pertorbacions que s'havien apoderat de l'edifici i afligien Monteforte.

Molts es preguntaven si aquell mirall havia pertangut als Carvacchi, o si era el detestat Wolfhart el qui l'havia introduït a la finca amb les pitjors intencions. Gairebé tothom s'inclinava pel segon fins que va venir d'una aldea propera un home molt gran que quasi mig segle enrere havia fet treballs de paleta per a la família.

—El mirall ja era aquí llavors —va assegurar l'home, examinant-lo amb molta atenció—. Ara està més tacat, però és el mateix. Això no obstant, aquella vegada no vaig notar res d'estrany en ser a prop seu i ara em costa respirar i em trobo malament. Necessito sortir d'aquí ara mateix. No em demani que hi torni una altra vegada, em sembla que no ho podria resistir.

Era en l'ànim de tothom que calia fer quelcom amb el mirall. Les coses no podien continuar d'aquella manera. Però el mateix temor que despertava anava ajornant dia a dia el moment d'actuar.

Algú es va avançar als altres. Va ser Mateo, un ferrer. No va dir res a ningú. Va escollir una data. Es va preparar el dia abans a consciència. Va estar en dejú des de la mitjanit.

Era un home senzill, d'idees simples i clares, ferma voluntat i rectitud de caràcter. De la mena de persones que sense destacar en la vida social aporten molt a la comunitat.

L'endemà es va llevar molt d'hora i es rentà minuciosament. Com que vivia sol, ningú no es va adonar que començava la jornada d'una manera diferent de la normal. Va posar ordre al seu taller i va anar a l'església. Feia molt que no hi anava. El pare Mario es va sorprendre en veure'l allà, però va preferir deixar-lo tranquil i no li preguntà res.

Al migdia, amb el sol a la vertical del cel, després d'assegurar-se que no el veia ningú, Mateo el ferrer va entrar a la mansió Carvacchi. Duia embolicada en una tela una de les seves eines de treball.

Encara que no havia estat mai allà, va ser capaç d'orientar-se. Quan va ensopegar el passadís a l'extrem del qual hi havia el temut mirall, va respirar profundament diverses vegades, es va embenar els ulls i desembolicà l'eina.

Va avançar en línia recta cap al mirall, a poc a poc, mesurant cada pas.

A pesar que duia els ulls tapats, notava onades de malestar que enterbolien la seva claredat de pensament. Però Mateo confiava que; havent posat a cobert la seva mirada amb la bena, el mirall no podria fer-li gaire mal ni mostrar-li imatges que l'espantessin o el confonguessin.

Sabia bé què faria. Ho tenia molt pensat. Havia assajat mentalment moltes vegades cadascun dels passos.

Quan va ser a prop del mirall, el malestar que l'afeixugava augmentà. Ja hi comptava, no el va agafar per sorpresa, però li van venir unes enormes games de deixar-ho estar i fer-se enrere. Va agrair haver pres la precaució d'embenar-se els ulls. Altrament potser hauria estat incapaç de complir el seu propòsit.

Va estirar el braç dret per saber si ja hi havia arribat. Les puntes dels seus dits van tocar el vidre fred. Va retirar la mà de seguida com si aquell fred el cremés.

Tenia tanta por que per uns moments es va pensar que no seria capaç de fer allò que es proposava.

Però va treure forces. Va empunyar el seu pesant martell de ferrer amb les dues mans, l'aixecà en l'aire i descarregà un fort cop gairebé al centre de la lluna del mirall.

El vidre va esclatar, es trencà en milers de fragments i resquills i, fet a trossos, caigué en cascada.

Mateo va deixar el martell a terra i va respirar fondo. Se sentia extenuat, com si hagués fet un immens esforç, com si hagués copejat el mirall centenars de vegades i no solament una.

Es va treure la bena dels ulls abans del que tenia previst. Li havia semblat sentir una presència i això li va produir una forta esgarrifança.

No va veure ningú. I això encara va augmentar el seu desfici perquè continuava notant que hi havia algú més a prop seu.

Havia d'afanyar-se. Encara no havia acabat. Va fer caure els trossos de mirall que havien quedat a la motllura, empunyà de nou el seu martell de ferrer i amaçà a terra els incomptables fragments fins que van quedar reduïts a pols de vidre.

Ja res no l'obligava a romandre allà ni un minut més. Se'n podia anar.

Sortir li va costar moltíssim més que entrar. No podia recordar el recorregut que havia fet uns minuts abans. Hi va haver un moment en què començà a rondar-lo el pànic perquè va tenir por que no podria abandonar mai aquella casa.

«Em trobaran a faltar i no sabran on buscar-me. A ningú no se li acudirà pensar que sóc aquí. I, quan per fi em trobin, ja farà dies que seré mort.»

Les seves cames van fer allò que no podia fer el seu enteniment. Equivocant-se més d'una vegada, tornant a desfer el camí, negant-se a extraviar-se per sempre més, van trobar la manera de sortir.

Una vegada a fora, encara amb calfreds dins del cos, Mateo el ferrer es va sentir content per allò que havia fet.

«He alliberat Monteforte d'una cosa que podia fer molt de mal. Ara tots tornarem a respirar com abans.»

I va pensar que no diria que havia estat ell. Haver destruït el mirall endimoniat seria el seu secret, el seu regal silenciós, la seva manera de fer alguna cosa per la gent sense que li ho haguessin d'agrair.

WOLFHART EMPITJORA EN ELS SOMNIS

Hi havia a Monteforte qui creia que Wolfhart es trobava encara a la Casa Fosca i que hi seria sempre, eternament, fins a la fi dels temps. I que, per tant, la regió ja no es podria alliberar mai de la seva fatídica influència.

I aquelles persones deien conèixer la raó d'aquells cops que els havien turmentat tantes nits: ell s'havia construït el seu sojorn etern en algun lloc del tètric edifici.

Aquells ciutadans, aclaparats per la sensació de fatalitat, es pensaven que Wolfhart havia comprat la mansió Carvacchi per convertir-la en el seu lúgubre i gegantí panteó pels segles dels segles.

Creien que, sabent-se malalt i sense esperança de guariment, amb un negre passat a la seva esquena, hostil a la resta del món i odiant tot el que existia, havia decidit ser enterrat allà, en absoluta soledat. I els cops que s'havien sentit corresponien a l'excavació d'una tomba subterrània situada de manera que no fos mai possible trobar-la.

Christophe hauria complert la seva missió fins al final. I un cop mort i inhumat el seu tenebrós patró, se n'hauria anat una nit, ja lliure de tot deure, amo de la seva vida, sense que el veiés ningú.

I era Wolfhart, pensaven alguns, el qui des de la seva oculta sepultura causava les sensacions d'angoixa i terror que abans o després experimentaven els qui profanaven el recinte.

El pare Mario sentia diàriament coses semblants, dins i fora del confessionari. Sempre procurava treure-les del cap als qui les deien, però sovint no ho aconseguia. Molts li asseguraven que, de vegades, veien Wolfhart en somnis, revestit de l'immens poder que té el qui és capaç de tornar després de mort. I afegien que era paorós veure'l així, que el seu aspecte era molt pitjor del que es poguessin haver imaginat mai.

Aquelles idees circulaven per Monteforte i eren motiu de freqüents discussions i comentaris a la posada i les tavernes.

Alguns proposaven solucions dràstiques:

—Si caléssim foc a la maleïda construcció, aconseguiríem que les flames cremessin aquella tomba immunda. Això netejaria la casa i seria el final de tant malestar i tanta por.

Uns altres manifestaven el seu escepticisme:

—I de què s'alimentaria el foc? Alla dins, a part de les portes resseques, no hi ha quasi res més que pugui cremar. Amb prou feines queden mobles i no hi ha ni rastre de cortinatges, tapissos, catifes, teles ni altres paraments. La pedra no s'inflama, els pous no s'incendien, els miralls només augmenten la resplendor de les flames. Encara que omplíssim la casa amb llenya resseca i la convertíssim en un forn fumejant durant unes hores, només aconseguiríem ennegrir més aquells murs tan foscos i donar-los un aspecte encara més trist del que tenen. I la maleïda casa continuaria on és, igual que abans.

—Si poguéssim demolir-la pedra a pedra fins que no en quedés res!

—L'inconvenient és que Monteforte és una població massa petita per suportar una desgràcia com aquesta. A Verona o a Ferrara hi ha molta més gent, més sacerdots, més recursos, més de tot. Però aquí estem molt sols, massa.

El pare Mario no estava menys preocupat que la resta de la gent. Els últims dies s'havia deixat veure només l'indispensable, però sabia que corrien veus en contra seu. Li retreien que no intervingués per tallar aquell tenebrós assumpte.

Alguns li ho havien dit a la cara. Umberto, l'algutzir, n'era un:

—Això no és cosa de l'autoritat, ni de la milícia ni de jutges o magistrats. Això és cosa de l'Església. Hi ha quelcom malèfic, diabòlic, en tot això. La gent està morta de por. Alguns no ho reconeixen en públic, com jo, per exemple, però la processó em va per dins. Cal fer alguna cosa, com més aviat millor, i l'han de fer vostès. Si no se'n veu capaç, demani ajuda. La necessitem més que res.

El pare Mario podia atendre la gent en les seves qüestions diàries, però allò el depassava. No se sentia amb forces per fer el que s'esperava d'ell.

Fins llavors s'havia resistit a demanar ajut als seus superiors eclesiàstics per no posar en evidència la seva debilitat de caràcter i la seva pobresa de recursos, però ja no podia esperar més.

UNA PROVA QUE PODRIA SER DEFINITIVA

Les forces vives de Monteforte, que gairebé es reduïen al batlle Salvatore Bolsena, al professor retirat Giacobbe Lombardi i a l'algutzir Umberto, es van reunir al saló més resguardat de La Corneta d'Or. S'havien donat cita per veure quines solucions podien trobar.

Els hauria agradat comptar amb la presència de mossèn Mario, però no es trobava al poble. Alfredo l'hostaler els va servir cervesa, i aigua anisada per a Lombardi, i es va afegir a la reunió.

—La por s'ha generalitzat. Ja no hi ha gairebé ningú que visqui tranquil —va reconèixer Bolsena—. Estem passant uns mesos negres. La maleïda història de Friedrich Wolfhart està fent molt de mal. I no veig com posar-hi fi.

—Vaig dir a mossèn Mario que això és feina seva —va recordar Umberto.

—Ell no té prou coratge. És un sacerdot apte per als serveis de rutina, però una cosa de tanta magnitud el supera —va dir Salvatore Bolsena.

—Demanarà ajuda —va assegurar Umberto—. Li vaig suggerir que ho fes com més aviat millor. No em va respondre, però estic segur que ja hi pensa.

—Doncs mirin, per més estrany que els sembli, jo no crec que necessitem exorcistes ni enviats del bisbat per resoldre aquesta qüestió —va dir Lombardi, i aspirà una mica del seu rapé favorit.

—No? Aleshores, qui ens alliberarà d'aquesta pesta malèfica? —va preguntar Alfredo—. Ells són els qui millor saben afrontar les fetilleries, màgies negres i altres arts diabòliques. És el seu ofici.

—Sisplau —va demanar Lombardi—: som al 1792, no pas al 780 o al 1140. Hi ha altres maneres d'analitzar els fets. La raó ens exigeix mantenir una certa claredat d'idees.

—Digui'ns el que pensa, sisplau —li va demanar Bolsena—. Però no oblidi que al poble hi ha persones convençudes que Wolfhart se'ls apareix en somnis per terroritzar-les.

—Sí, i no els ho podem retreure. No sempre és fàcil defensar-se de la por. Però a nosaltres ens correspon veure les coses d'una altra manera. O, si més no, ho hem d'intentar. Pot ser que tot sigui molt més senzill del que sembla. Fixinse: aquell nebulós individu anomenat Wolfhart compra l'heretat Carvacchi perquè el seu baix preu li resulta temptador. No sabem què li devien haver contat de la finca, o quina idea se n'havia fet, però el cert és que, una vegada aquí, com era d'esperar, queda decebut. Malgrat això intenta adaptar-s'hi, fins i tot enceta unes reformes, però les interromp al cap de poc temps i queden en no-res. Fins i tot un tipus tan lúgubre com ell a l'últim s'amarga en una finca tan opressiva i tan inhòspita. I, encara que és el seu nou propietari, hi renuncia, la torna a l'estat d'abandó i se'n va amb el seu criat, probablement amb la intenció de no tornar.

—Sí, però, com quadra aquesta versió de la història amb tot el que succeeix? —va dir Bolsena, escèptic—. Tant de bo pogués vostè convèncer la gent. Ja en són molts els qui parlen d'anar-se'n de Monteforte. Si això va a més, pot ser la fi del poble.

—Segons el meu parer —va respondre Lombardi—, tots hem estat víctimes no pas de Wolfhart, sinó de les aprensions, els ensurts i les al·lucinacions d'un quincallaire saquejador i d'un evadit de la justícia. Ells van començar la cadena. En donar-los crèdit, vam obrir la porta al temor, a la sospita, a una por absurda. Aquests casos, tristos però poc significatius, van remoure en la gent temors atàvics i ens van fer recular a èpoques de foscor i superstició.

—Oblida que el doctor Olmi i el seu ajudant van sortir fugint de la Casa Fosca? —va dir Umberto amb enuig—. Sembla que davant del mirall ho van passar malament de veritat. Els hem de ficar al grup de quincallaires i fugitius que ens han contagiat la seva absurda por?

—Per descomptat que no! Ells es troben al grup dels contagiats. El doctor Olmi va venir expressament a Monteforte perquè havien arribat a les seves orelles comentaris sobre les anormalitats de la casa Carvacchi, i va voler esbrinar a què obeïa tant d'enrenou. Segur que va entrar en actitud escèptica, però era vulnerable: els rumors ja l'havien preparat perquè cregués notar presències invisibles dins de la casa. I això és el que ens succeeix. Entre tots hem creat la gran onada de por, i ens afecta en aquella part de nosaltres que s'escapa del nostre domini. Som hereus de segles i segles d'històries de dimonis, ressuscitats, apareguts, fantasmes, espectres, bruixots, cases maleïdes, indrets d'horror i espants sobrenaturals. I no és fàcil alliberar-se del tot d'una càrrega tan feixuga.

—Però, si és com vostè diu, com sortirem d'això? Com trencarem la cadena? —va preguntar el batlle Salvatore Bolsena.

Lombardi va parlar amb la mirada fixa en la penombra, com si hi llegís la resposta:

—Penso en una prova que podria ser definitiva —deixà caure Lombardi.

—Digui'ns quina és.

—Necessitem algú que estigui net d'aprensions i de temors, que no sàpiga res del que està ocorrent, que ni tan sols hagi sentit parlar de la Casa Fosca. Si arriba un foraster que compleixi aquestes condicions, el portarem allà amb algun pretext i veurem com reacciona. I estic segur —va manifestar Lombardi posant-se dret—, tant que em jugaria la meva col·lecció d'incunables a favor d'això, que no notarà res d'anormal allà dins.

Uns dies després es va produir l'esperada circumstància.

Va aparèixer a Monteforte un arquitecte que anava en cerca de terrenys idonis per a una vil·la d'estiu. La seva construcció li havia estat encarregada per un adinerat advocat de Cremona.

Bolsena i Lombardi el van temptejar amb habilitat. Aviat es van adonar que feia pocs dies que recorria la comarca. No havia sentit res sobre la mansió Carvacchi. Ni tan sols sabia que existia.

—Aprofitant la seva visita, si ens concedeix uns moments —l'alcalde va introduir la qüestió tan bon punt va veure l'oportunitat oberta—, ens agradaria conèixer la seva opinió sobre un dels nostres vells edificis. Es troba a uns passos d'aquí. Tindria la gentilesa d'acompanyar-nos?

L'arquitecte no hi va posar cap objecció. Al contrari, semblà afalagar-lo que el consultessin i hi va accedir de seguida. Quan va albirar la Casa Fosca des d'una certa distància va emetre el seu primer comentari, no gaire favorable.

—Se li endevinen més de tres segles, però tant se val quina sigui la seva antiguitat. Es nota que cap veritable artista va participar en la seva construcció. És un treball de simples picapedrers i mestres d'obra. Es va buscar la fermesa, la sensació massiva, la densitat, la fortificació, i es va prescindir de tota gràcia, bellesa o harmonia.

Una vegada a dins, l'arquitecte va emmudir. Va recórrer els vestíbuls, els llargs passadissos, els patis. Va entrar en algunes estances. Va demostrar una certa perplexitat pel fet que hi hagués quatre pous a la casa.

Lombardi i Bolsena el seguien a una certa distància, deixant-li plena llibertat de moviments. Dissimulaven la por que els feia ser allà i, sense que l'altre ho notés, no li treien els ulls de sobre.

Van veure com el color anava fugint del seu rostre i deixava les seves galtes trasmudades. Van percebre el seu canvi d'actitud, els seus gestos cada cop més previnguts, les seves mirades plenes de recel i malestar. El silenci de l'arquitecte era cada vegada més tens.

«Nota alguna cosa fora del normal, com nosaltres! —va pensar Giacobbe Lombardi rendint-se a l'evidència—. La prova demostrarà el contrari del que esperàvem.»

Sempre amb l'arquitecte caminant al davant, tots tres van arribar al passadís al final del qual havia estat el mirall que va terroritzar el jutge de Verona, el doctor Olmi i els seus acompanyants.

Lombardi i Bolsena es van sorprendre en veure el marc buit i la profusió de fragments de vidre triturats a terra. No sabien encara que Mateo el ferrer havia destruït el mirall.

Molt més aguda va ser la reacció de l'arquitecte. Com si fes una estona que es contenia i ja no pogués més, es va girar cap als altres dos i, en un to clar de retret, amb el rostre desencaixat, els preguntà:

—Per què m'han portat aquí? Què és el que s'amaga en aquest edifici? Els exigeixo que deixin de fingir i que em diguin la veritat.

Lombardi i Bolsena van voler fer cara de no entendre bé la pregunta, però no els va servir de res.

—Què volen de mi? —va insistir i, sense esperar resposta, afegí, fora de si—: Me'n vull anar ara mateix, deixinme sortir d'aquí, apartin-se!

La cara de l'arquitecte havia canviat de tal manera que semblava una altra persona.

Però els seus dos acompanyants deixaren de prestar-li atenció. També a ells els agafava una insuportable sensació de pànic. Ja només pensaven a sortir fora per alliberar-se de l'angoixa.

Llavors van comprovar que abandonar la Casa Fosca en aquelles condicions no seria tan fàcil. Com els havia ocorregut a d'altres, el desfici i la por van esmussar la seva capacitat d'orientació.

Era com si el sinistre edifici, posseïdor d'una voluntat maligna, no els volgués deixar escapar-se i els portés a extraviar-se pels seus racons més foscos i tètrics.

Sortir d'allà els va costar un esforç gairebé sobrehumà i els va deixar una immensa sensació de cansament de la qual trigaren a refer-se.

NECESSITEM SABER QUÈ AFRONTEM

Ja que no podia ser demolida, devorada pel foc o reduïda a pols, el clamor de la gent va exigir que la Casa Fosca fos clausurada.

Calia evitar que altres persones hi entressin i patissin trastorns, pànic o alguna cosa encara pitjor, com el dissortat quincallaire. I tothom creia també que tots estarien més segurs si la maleïda casa fos tancada i barrada.

Umberto i Mateo el ferrer, qui ocultava la seva decepció perquè la destrucció del mirall no havia acabat l'onada de por, van blocar tots els possibles accessos i les entrades a la casa Carvacchi.

Un cop fet allò, hi va haver persones que van dormir molt millor a la nit.

Però tothom sabia que tancar la casa no era una solució definitiva.

Mossèn Mario era un dels més convençuts. Feia dies que remetia comunicats als seus superiors eclesiàstics. Sol·licitava la intervenció d'algun especialista de la cúria que pogués oferir un remei als fets que turmentaven la gent de Monteforte i de les poblacions més properes.

Es va fer esperar, però finalment va aparèixer.

Era el pare Borromeo Albano, un dominic d'aspecte seriós i auster. Semblava més un llenyataire, o un mariner amb molts anys de navegació, que un membre de l'Església. Però la seva mirada era d'una índole especial, com si es trobés en un estat d'alerta, profund i constant, del qual poques coses es poguessin escapar.

Després d'una llarga conversa amb el pare Mario, van acudir tots dos a la casa del professor Lombardi. Salvatore Bolsena hi va comparèixer al cap de pocs minuts per participar en la reunió.

—M'envia el bisbat en missió de sondeig —els va notificar Albano—. Potser consideren que hem trigat molt, però es produeixen moltes peticions injustificades i no ens és possible acudir per cada brot de por supersticiosa que es produeixi a qualsevol indret de la península. Hem de ser molt estrictes.

—Aquí ocorre alguna cosa que ens supera —va dir Bolsena—, però no es tracta de cap manera d'un brot supersticiós, sinó de fets que plantegen un seriós desafiament a la fe i a la raó.

—Persones d'elevada formació, oposades a tota credulitat supersticiosa, se n'han vist també afectades —va afegir el professor Lombardi.

—Ja ho sé. En conec quasi tots els detalls gràcies al pare Mario. Es tracta d'un cas poc comú. Per això sóc aquí.

—Quan ho desitgi, l'acompanyarem a la mansió Carvacchi. És tancada des de fa uns quants dies, però s'obrirà perquè pugui vostè examinar-la.

—Gràcies. Desitjo fer-ho com més aviat millor.

Tots quatre van recórrer el curt camí que conduïa a la Casa Fosca. El dominic portava a les mans un crucifix de fusta i un breviari i fórmules d'exorcisme per a casos d'especial gravetat.

Salvatore Bolsena volgué saber alguna cosa més del que pensava el religiós:

—Pel que ha conegut fins ara, quina idea s'ha fet del que passa aquí? Quina mena de fenomen és el que ens afecta?

—No faig mai suposicions abans de visitar un lloc contaminat. L'observació directa, sense teories preconcebudes de cap classe, és el que més ajuda a comprendre de què es tracta.

Quan van arribar a la Casa Fosca, Bolsena va obrir els nous forrellats que s'havien instal·lat a la porta principal, i va fer passar en primer lloc Borromeo Albano.

L'exorcista els va sorprendre dient:

—Si m'ho permeten, hi entraré tot sol. Acostumo a procedir així en aquests casos.

—A la casa hi ha una atmosfera que de vegades és molt opressiva, i crea sensacions difícils de dominar —va dir Bolsena, desconcertat per l'actitud del dominic.

—Ja hi compto. No és la primera vegada que em trobo en un tràngol com aquest. Ara no els puc dir quant temps seré a dins. Només els prego que algun de vostès romangui aquí esperant —va sol·licitar Albano, dirigint-se d'una manera especial al pare Mario.

—L'esperarem tots tres —va assegurar Lombardi, dissimulant l'alleujament que sentia per no haver de passar a dins.

—Gràcies —va respondre concisament el dominic i després, parlant més per a si mateix que per als altres, va dir—: A tu m'encomano, Senyor, i et demano que em donis forces per dur a terme aquesta missió contra l'Infern.

Va entrar amb decisió, com si allà dins, en alguna de les nombroses estances, l'esperés un enemic que havia de derrotar per posar fi a totes aquelles inquietuds.

Tan bon punt Borromeo Albano va travessar el llindar i deixà la porta ajustada al seu darrere, el pare Mario es va acostar als altres dos i els va xiuxiuejar:

—No el jutgin pel seu aspecte i per la seva parquedat de paraula: és un dels exorcistes més poderosos de què disposa la Santa Seu en l'actualitat. Té el rang d'enviat del Papa.

Bolsena va acollir la notícia de bon grat. La reacció de Lombardi va ser diferent:

—Tan greu consideren que és la situació que patim? —va preguntar.

—Es veu que sí, i per això han designat algú d'una categoria tan alta. Em va costar, però al final les meves peticions van ser escoltades —va dir el sacerdot, confiant que la seva passivitat dels mesos anteriors quedés compensada per l'arribada del dominic.

Borromeo Albano va romandre quasi tres hores tot sol a l'interior de la Casa Fosca.

Durant tot aquell temps no va prendre contacte amb els qui l'esperaven a fora ni va donar senyals de vida.

Per dues vegades Bolsena i Lombardi van estar a punt d'entrar a buscar-lo per saber si es trobava bé.

Les dues vegades, mossèn Mario els va contenir:

—Si ens necessita, ens ho farà saber. La nostra entrada seria una interrupció. Esperem una mica més.

Però quan ja es feia fosc i Albano continuava sense sortir, també el pare Mario es va inquietar.

—Ja és molta la tardança. Això comença a no agradar-me.

—Què podem fer? —va preguntar el professor Lombardi.

Cap dels tres no es veia amb cor d'entrar, però es veien en l'obligació de fer alguna cosa. Es van mirar entre ells, indecisos, atemorits, esperant que algun dels altres fes el primer pas o fes una proposta.

Va ser llavors quan la gran porta va començar a obrir-se des de dins, molt a poc a poc.

Van passar uns moments. Més enllà del llindar no es veia res:

En primer lloc va aparèixer la seva mà. Els dits, de tan pàl·lids, imitaven la lividesa de la cera.

Després va sorgir la seva persona sencera.

Els tres homes que l'havien esperat van retrocedir en veure'l.

Per l'expressió del seu rostre van comprendre que venia de fer un esforç sobrehumà, i que segurament acabava de passar una de les proves més dures de la seva vida. Els va mirar gairebé sense reconèixer-los. Després va desplaçar la mirada pels voltants com si li resultés difícil recordar a quin lloc del món es trobava. Se'l veia molt cansat, li costava respirar. Semblava que hagués tornat des d'una enorme distància.

Esglaiats, van esperar en silenci que la seva respiració s'assossegués.

La primera cosa que li sentiren dir va ser:

—L'alarma és justificada. El Mal que infesta aquest indret és de tal naturalesa que exigirà més del que jo puc fer en solitari. Necessitaré ajuda, tota la que pugui. Però trigaré un quant temps a aconseguir-la. I abans d'anar-me'n necessitaré que em diguin tot el que sàpiguen, sense oblidar ni un detall, sobre l'home que va comprar aquesta casa i hi va viure enclaustrat durant un temps. Necessitem saber què afrontem.

Aquella mateixa nit va tenir lloc una sessió de diverses hores a la sagristia de l'església.

Tots els qui havien bescanviat alguna paraula amb Christophe i els pocs que havien vist més o menys de prop Wolfhart en alguna de les seves sortides nocturnes van respondre a les preguntes que els va fer Borromeo Albano, tot i que no va ser gaire el que van poder aportar.

El dominic va voler parlar fins i tot amb alguns dels qui asseguraven que Wolfhart se'ls apareixia en somnis. Els va escoltar amb atenció i va anotar algunes de les seves paraules.

Al final, quan van tornar a quedar sols Albano, Bolsena, Lombardi i el pare Mario, que complia silenciosament el seu paper d'amfitrió, el dominic va resumir les seves conclusions:

—Hi ha moltes incerteses. Per començar, la del nom. Estic segur que Friedrich Wolfhart és una identitat falsa. Les descripcions no donen tampoc un resultat coherent. Són molt dispars, estan massa influïdes per les sensacions personals. Això no obstant, no cerquem una agulla en un paller.

—Té idea de qui pot ser? —va preguntar Salvatore Bolsena amb una certa esperança.

—En l'actualitat no hi ha més que cinc o sis persones que puguin haver estat capaces de donar curs a tant d'horror com el que hi ha a la mansió Carvacchi. Ha de ser una d'elles. Ens costarà, però la trobarem. Si la podem interrogar a fons, acabar tot això pot ser molt més fàcil.

—I mentrestant, què podem fer? —va preguntar el pare Mario retorcent-se les mans.

—Resar molt, enfortir l'esperit amb la fe i tancar el pensament a tota influència demoníaca. Tornaré amb altres millors que jo i, amb l'ajuda de Déu, posarem fi a aquesta blasfèmia.

SI AQUESTA BOGERIA VA A MÉS, ELLA ES POT VEURE AFECTADA

La Casa Fosca va tornar a quedar tancada i barrada.

Les paraules de Borromeo Albano havien obert una esperança. Els habitants de Monteforte ja no se sentien tan sols com abans.

No obstant això, a diferència dels altres, el professor Lombardi tenia una preocupació que anava en augment dia a dia.

Fins llavors no n'havia parlat a ningú, però ja no ho va poder callar més temps.

Es va presentar a mig matí al magatzem de pells de Salvatore Bolsena. L'olor que impregnava l'aire li va resultar estimulant. Li recordava la que regnava a la seva biblioteca a causa de les enquadernacions, però allà era més dens i embriagadora.

—Arribo en mal moment? —va preguntar Lombardi, tement ser inoportú.

—De cap manera. Faig un recompte d'existències. Pot esperar —va respondre Bolsena interrompent la tasca.

Havia notat que la visita era deguda a una causa important. Lombardi no apareixia gairebé mai per allà.

—La veritat és que sóc en un dilema i no sé quin camí agafar.

—Si la meva opinió pot servir d'alguna cosa, m'agradaria donar-la-hi amb coneixement de causa.

—D'aquí a uns dies espero l'arribada d'una persona per la qual sento molt afecte. I temo que pugui afectar-li el que succeeix.

—De qui es tracta?

—És Claudia, la meva fillola. No ha estat mai aquí. Mesos enrere em vaig comprometre amb els seus pares a ser el seu preceptor durant un temps i iniciar-la en els senders del grec, el llatí i el coneixement de les arts. És una família toscana establerta des de fa un quant temps a França, a l'altra banda de la frontera piemontesa. Temen veure's amenaçats per les convulsions que es viuen allà. Com a primera precaució van pensar a allunyar la seva filla dels possibles conflictes i, mentrestant, procurar-li una formació exigent i refinada. És una noia encantadora, amb interès per aprendre i bona capacitat de comprensió, a més d'altres qualitats molt notables. Tenir-la com a alumna es presentava com una cosa molt grata per a mi, i vaig acceptar encantat. Però la seva arribada s'ha convertit ara en la meva preocupació més gran.

—Ho comprenc. I digui'm, ha fet saber als pares de la seva fillola que ens trobem en una situació tan delicada?

—M'he resistit a fer-ho. Confiava que les coses es resoldrien abans que ella vingués. I per a mi hauria estat una vergonya haver de demanar-los, a hores d'ara, que suspenguéssim el viatge perquè aquí hi ha una casa dominada per les forces del Mal. Ells tenen una mentalitat il·lustrada. S'haurien preguntat si jo havia perdut la raó o, encara pitjor, si m'inventava una excusa per no complir la paraula donada.

—Sí, però potser s'hauria pogut ajornar unes setmanes o uns mesos el viatge de la seva fillola, sense explicar les veritables causes, amb algun pretext que resultés versemblant i acceptable.

—No sap la il·lusió que ella té per venir a Monteforte. I per conèixer Màntua, Verona, Venècia, Pàdua i altres tantes poblacions que en la seva imaginació brillen amb llum excepcional. El seu viatge era una cosa que estava més que parlada, un compromís en ferm. Per ajornar-lo o suspendre'l hi havia d'haver una causa greu. Una excusa improvisada hauria estat fora de lloc.

—Doncs aleshores, el millor que pot fer és rebre la seva fillola com era previst, tenir-la ben protegida a casa i procurar que no parli amb ningú que li ompli el cap d'històries que la puguin espantar.

—Sí, és el que tinc decidit. És l'única cosa que puc fer de moment. Claudia ja fa camí cap aquí. Ve amb una dona gran que l'acompanya en el viatge. Però no sé si em serà possible mantenir-la al marge de tot fins que les coses tornin a la normalitat. Si aquesta bogeria va a més, ella es pot veure afectada. Només té setze anys, acabats de fer. I res no em disgustaria tant com que arribés a veure's implicada en alguna escena desagradable.

—Si la situació es complica, Déu no ho vulgui, tindrà motiu justificat per tornar-la a França sense que enyori els seus pares. I ningú no li podrà retreure res.

—Sí, em podran recriminar una cosa —va dir Lombardi, després d'uns instants de reflexió.

—Quina? —va preguntar Bolsena, com si no se li n'acudís cap.

—No haver-la enviat de tornada de seguida amb la seva dama de companyia perquè no estigués exposada a res.

—Podria ser una preocupació exagerada. Vostè ha dit que els seus pares són gent il·lustrada. Això els ajudaria a comprendre.

Lombardi va restar pensatiu uns moments. Se li notava que allò li causava molta inquietud. Després va dir:

—Per atendre Claudia mentre sigui a casa meva he pensat en la vella Lisabetta. Què li sembla?

—Molt bona elecció —va aprovar Bolsena—. S'hi pot confiar. Només parla quan té alguna cosa per dir. I ajudarà que la noia es trobi bé a casa seva.

El professor Lombardi ja es disposava a anar-se'n, però abans digué:

—No he estat mai un gran devot de l'Església, vostè ja ho sap. Però ara li reconec que confio en Borromeo Albano. Espero que, amb l'ajuda que calgui, trobi la manera de netejar la casa Carvacchi de l'abominació que l'ha infestat.

HI HA MISTERIS QUE CREIEM LLUNYANS, PERÒ ENS FREGUEN LA PELL

L'eminent doctor en medicina Francesco Olmi no havia oblidat els durs moments d'angoixa i de por passats en la seva visita a Monteforte.

No s'adeia amb el seu temperament tractar d'oblidar el succeït com si no hagués estat mai allà. Alguns dels afectats sí que van intentar fer-ho, però Olmi, no. S'ho havia pres com un desafiament que havia d'afrontar.

Tenia intenció de tornar a la Casa Fosca. Però no pas a cegues, ni tot sol, ni portat per un impuls irreflexiu. Volia meditar-ho bé i comptar amb el suport adequat. I, per dir-ho tot, no tenia prou audàcia ni prou valor per entrar novament, i encara menys tot sol, en aquella casa a la qual hi havia alguna cosa invisible que feia tanta por.

Hi aniria quan tingués un pla d'acció ben traçat i l'acompanyessin les persones adequades per posar-lo en pràctica.

No tenia intenció de demanar ajuda eclesiàstica. Almenys, no d'entrada. Volia encarar-se amb el problema per altres vies, de manera analítica i raonada, amb la major objectivitat, amb una visió tan científica com es pogués dels fets i de les seves causes.

Una de les persones que volia consultar era el prestigiós professor Giacomo Amadio, erudit historiador i mestre de cronistes i literats. Una vegada el va tenir de pacient, i tots dos havien congeniat.

A la primera ocasió en què va anar a Pàdua en visita mèdica, va aprofitar la circumstància. Complerta la seva obligació professional, es va dirigir a la universitat tot passejant. Després de passar uns moments al Prato della Valle, va caminar pels carrers llargs, estrets i mal empedrats, evitant trepitjar tot residu o acumulació de brutícia que li sortís a l'encontre. Anava escollint les paraules amb què exposaria a Amadio, amb precisió i sobrietat, la seva mala experiència a Monteforte.

Al pati de la universitat, abstret en les seves cavil·lacions, va contemplar distretament la doble galeria dòrica. Després va preguntar pel professor Amadio i li van dir que al cap de poca estona impartiria una de les classes magistrals que formaven part dels actes de clausura de l'any acadèmic.

Va trobar el seu antic amic en una de les dependències de la planta superior.

—No em digui que ha vingut vostè expressament des de Màntua per escoltar la meva conferència! —va fer broma Amadio, alegrant-se en veure aparèixer de manera tan inesperada Francesco Olmi.

—Temo que no venia amb aquesta intenció, però em tindrà vostè entre els seus oïdors, per descomptat.

Amadio va notar de seguida que Olmi estava un xic estrany. Li faltava aquell toc una mica envanit que era característic en ell. I el fet que s'hagués presentat allà sense previ avís indicava que la seva visita obeïa a una causa fora del comú. Per donar peu que li ho expliqués, li va preguntar:

—Què fan els seus malalts? Li'n preocupa cap d'una manera especial?

—Uns quants, com de costum. Les malalties greus ataquen per molts fronts alhora. I no sempre els podem cobrir tots. Però no és de cap dels meus pacients de qui li volia parlar, sinó de mi.

—Endavant —el va convidar Amadio, interessat.

—Suposo que no és el moment. Necessitarà repassar tot sol, amb la concentració adequada, els últims detalls de la seva classe magistral abans de començar a impartir-la. Si disposa després d'uns minuts, li demanaré opinió sobre uns fets que han torbat el meu esperit.

—La meva intervenció consistirà en un resum final dels conceptes que vaig transmetent als alumnes al llarg del curs. Ho tinc tot aquí —va precisar Amadio tocant-se el cap amb dos dits, i després va afegir, sense petulància—: no necessito repassar res, li ho asseguro. Tenim més de mitja hora. El millor que podem fer és aprofitar-la. L'escolto.

Olmi no va insistir amb les seves objeccions i va entrar en matèria, perquè era el que desitjava. Va explicar amb la major claredat i exactitud totes les seves impressions a la mansió Carvacchi i les raons que l'havien impulsat a anar-hi. Al final, va afegir:

—Estic segur que vostè, que tanta documentació fa servir en els seus treballs i tantes cròniques ha llegit i anotat, deu recordar alguns casos que, per la seva semblança, ens puguin ajudar a comprendre i analitzar el que em va succeir allà.

—Té raó: el material de què disposem és molt abundant. Però el difícil, com quasi sempre, és separar el gra de la palla, ja que allò que més abunda és el segon. Molts dels cronistes de les nostres velles ciutats van anar recollint en els seus textos, al llarg dels segles, tota mena de fets i successos, tinguts per certs en el seu moment, però que ens resultaria ara poc menys que impossible acceptar com a vertaders. Aparicions d'ultratomba, venjances després de la mort, persones encantades o endimoniades, intervencions diabòliques, llocs sotmesos a influències malèfiques, calamitats o epidèmies causades per una maledicció... El repertori és molt extens.

—Llocs sotmesos a influències malèfiques. Aquest seria l'apartat.

—És un dels més atapeïts. Té molts subgrups que al seu torn se subdivideixen en altres. Així, de memòria, li'n puc esmentar alguns: cases habitades per espectres, apareguts i fantasmes; residències que indueixen a la desesperació; llocs que són portes o avantsales de l'infern; edificis o pavellons que fan una por tan aguda als qui hi viuen que a l'últim els pot portar a la follia o a la mort; criptes a les quals és impossible romandre més d'un cert temps...

—Algunes d'aquestes definicions es podrien aplicar a la casa Carvacchi de Monteforte. I el pitjor és que jo no puc acceptar que res d'això tingui existència vertadera i, això no obstant, al meu ajudant i a mi ens va afectar amb incomprensible intensitat.

—Li seré sincer, doctor Olmi. Podrien haver vingut aquí moltíssimes altres persones a explicar-me alguna cosa semblant i no m'haurien merescut gens de crèdit. Al cap de poc d'escoltar-les hauria posat fi a les seves confidències i abans d'una hora ja les hauria oblidat del tot. Encara hi ha entre nosaltres una excessiva quantitat de gent que no ha superat les pors atàviques que vénen d'èpoques més fosques. Però que una persona eminent i equànime com vostè, posseïdor d'una ment preclara, s'hagi vist afectat per anomalies d'aquesta classe, em diu que tenim a les mans un cas que mereix ser estudiat.

En aquell moment un uixer de la universitat va entrar a l'estança, es féu notar amb una tos i anuncià de manera cerimoniosa:

—Doctor Amadio, quan vulgui. Tothom ha ocupat ja els seus seients.

—Per respecte als col·legues i als alumnes, no m'agrada que els actes comencin amb retard —va dir a Olmi, a tall de disculpa—. Però sàpiga que això que m'ha explicat em sembla del més gran interès. En continuarem parlant després. I ara, si em fa el favor, li prego que m'acompanyi a l'Aula Magna. És vostè el meu convidat d'honor.

El saló estava ple de gom a gom. Hi havia tanta gent que semblava més estret del que era en realitat. No eren allà solament els alumnes de les assignatures que Amadio impartia, sinó també els de moltes altres, especialment els de ciències, que eren els més nombrosos. A pesar del seu caràcter rigorós, sever i estricte, o potser a causa d'això, Giacomo Amadio era un dels professors més respectats i apreciats pels estudiants.

Va oferir la conferència que tenia prevista, però al final afegí uns paràgrafs motivats per la conversa que havia mantingut amb el doctor Olmi.

Després de referir-se de manera extensa al rigor amb què tot cronista o historiador ha d'acostar-se a les fonts documentals i als vestigis del passat, va entrar en les consideracions finals, que van ser en gran part improvisades:

—D'aquí a, posem, uns centenars d'anys, s'haurà trobat explicació a bona part dels fets que encara avui ens poden deixar escruixits o sorpresos perquè s'escapen de la nostra comprensió. Però aquesta esperança no ens pot sumir en la passivitat. La investigació és una tasca de cada dia, i una part d'aquestes explicacions pendents les hem d'oferir nosaltres, els qui ara vivim a la Terra. Cada generació ha de donar el seu propi fruit.

Amadio va prendre un glop d'aigua i, després de dirigir una significativa mirada a Francesco Olmi, qui es trobava a la tribuna reservada al claustre de professors, va rematar la seva classe magistral:

—No podem menysprear cap incògnita, no hem de retrocedir davant de cap enigma. Què dirien de nosaltres si fóssim com la nau que en rebre el primer embat de l'onatge decideix tornar a port sense més ni més? No hi ha un sol horitzó, sinó un de diferent des de cada posició al mar. Hi ha misteris que creiem llunyans, però ens freguen la pell. Algú sap fins on pot arribar la capacitat humana? Ningú no podria respondre. Però sí que sabem que els límits, si n'hi ha, són encara molt lluny. El repte no pot ser més estimulant, i ens competeix a tots. I d'una manera molt especial als qui, com nosaltres, gaudim del privilegi d'una formació superior. Senyors, no oblidin mai que el fet de ser a la universitat no és solament un avantatge derivat del llinatge o la posició social, sinó que és també, per damunt de tot, un compromís que adquirim davant de la Humanitat. Siguin sempre conscients d'això si volen exercir la seva condició universitària amb dignitat i aportar al bé comú allò que la societat espera i demana de cadascun dels qui som aquí.

A MONTEFORTE PORTEN ELS CAMINS

El jove estudiant Giovanni Conti havia assistit amb especial emoció a la classe magistral del professor Amadio. Per a ell havia estat el solemne començament de l'adéu. Ja conclòs el curs especial de documentació històrica que l'havia portat a la Universitat de Pàdua, i després de les molt intenses experiències viscudes, el moment de la tornada a Nàpols es trobava ja molt a prop.

Giovanni no sabia si tornaria mai al Vèneto. Per això s'anava acomiadant, no solament de les persones, sinó també dels llocs i de les coses que més l'havien impressionat o cridat l'atenció. Volia tenir-ho tot viu i fresc a la memòria perquè el record li durés tant de temps com pogués.

Dins del seu cicle de comiats, va entrar un moment a la basílica de Sant Antoni. Volia contemplar per darrera vegada els baixos relleus en marbre de Carrara que adornaven la capella del sant. Un li agradava d'una manera especial: mostrava sant Antoni tornant miraculosament la vida a una noia morta.

Era allà quan va sentir darrere seu una veu que coneixia molt bé:

—Sovint trobem semblances entre alguns fets de la nostra vida i escenes reflectides a l'art, no és veritat, Conti?

En girar-se va veure Giacomo Amadio. L'il·lustre professor va apuntar un somriure i es justificà dient:

—Disculpi la meva intromissió, però l'he vist entrar aquí i he decidit aprofitar aquesta oportunitat per fer-li una proposta.

—No hi ha res per disculpar, professor. No és cap intromissió.

—Digui'm, Conti, quan té intenció d'emprendre la tornada a Nàpols?

—Demà passat, sens falta. El meu pare té bons amics entre els administradors del teatre Sant Carles i m'ha aconseguit una plaça de tramoista. Estic interessat a aprendre els secrets de l'escena des de dins.

—No és mala idea si el que vol és veure els budells a l'art escènica. Al teatre no tot és interpretació, vestuari, literatura, música i dansa. La maquinària té també molta importància. Espero que tingui vostè bona sort i li correspongui treballar en funcions dignes que paguin la pena, i no en òperes bufes plenes de ximpleries i vulgaritats o en algunes d'aquelles obretes lamentables i desbaratades que tant abunden.

—Això espero jo també, professor, moltes gràcies. A propòsit, ha dit fa un moment que volia fer-me una proposta, o ho he entès malament?

—Ho ha entès molt bé. Una demora d'uns quants dies en la seva arribada a Nàpols, posaria en perill la seva feina de tramoista?

—Si no en són molts, confio que no. És un viatge molt llarg, sempre exposat a avatars i contratemps. Un no sap mai amb exactitud quin dia arribarà.

—Li parlaré amb claredat: atès que suposo que vostè, després del viscut al *palazzo* Balzani, es troba en estat de gràcia per afrontar situacions relacionades amb el misteri, he pensat a suggerir-li que m'acompanyi a estudiar un cas de gran interès del qual vaig tenir coneixement ahir per mitjà d'un metge eminent.

Sense saber encara de què es tractava, Giovanni va considerar un privilegi que Amadio li fes aquell oferiment. Es va apressar a respondre:

—No importa que m'endarrereixi uns dies. L'honor que vostè em fa en demanar-me que l'acompanyi està per damunt de tot.

—No haurà de desviar-se gaire de la seva ruta cap al sud. Amb una mica de marrada, gairebé li ve de passada. Ara li exposaré els fets. Després, vostè decidirà.

Claudia Alfieri, la fillola de Lombardi, va arribar a Verona, com era previst, amb la diligència-correu procedent de Milà. L'acompanyava una dona corpulenta d'una certa edat, d'aspecte dur i coriaci, que pertanyia a una branca lateral de la seva família. Es deia Giusseppa.

Lombardi, que havia acudit a Verona, va comprendre de seguida per què era aquella parenta la qui acompanyava Claudia. Malgrat ser dona, la seva corpulència impressionava. Gairebé feia l'efecte de ser un home vestit amb roba femenina.

Des del primer moment va quedar clar que Giusseppa considerava aquell viatge com una gran equivocació i un trasbals innecessari.

Va saludar secament Lombardi i, perquè ell la sentís, va dir a Claudia:

—Encara no he entès per què el teu pare va decidir aquesta barbaritat de viatge. És cert que corren vents de guerra a França, però al lloc on vivim encara es respira pau. És l'avantatge de les poblacions que són en indrets discrets i apartats. Raó de més per no moure's d'allà. Vinga, Claudia, saluda el senyor Giacobbe.

Ella ho va fer amb una graciosa flexió de genolls, una lleu inclinació, un esbós de somriure i una mirada amb què semblava demanar disculpes pels comentaris de la seva acompanyant.

Però Giusseppa no renuncià a continuar descarregant el seu mal humor:

—Fer un viatge com aquest, amb tantes etapes i tants canvis de carruatge, és pitjor que rebre una estomacada. I el pitjor no és el cansament, hi ha altres situacions i penalitats que prefereixo no esmentar. A més, dues dones en ruta, per més que es facin respectar, sempre estan exposades a excessos i vexacions. Els hostalers i els seus criats són, en la seva majoria, grollers, desagradables i de molt poca confiança. Cal discutir el preu de cada servei per endavant per evitar-te un descarat abús al final. I de la brutícia dels seus establiments, val més no parlar-ne. I els cotxers, els mossos de quadra i els encarregats de postes són quasi sempre insolents, aprofitats i canalles. Una mena d'allò més detestable. Quan penso que en el viatge de tornada me'ls tornaré a trobar, m'irrito encara més!

D'acord amb el convingut, Lombardi hi havia acudit amb un petit vehicle llogat, amb el qual tornaria amb la seva fillola a Monteforte.

La malcarada Giusseppa es va quedar a Verona, en espera d'agafar l'endemà el correu procedent de Venècia per emprendre la tornada.

Claudia i Lombardi van sentir alleujament en deixar-la allà i perdre-la de vista.

Ella tenia setze anys. Continuava essent, com la recordava de nena, persona de poques paraules. Però a la seva mirada hi havia una vida molt peculiar, semblava estar sempre absorbint allò que tenia al voltant.

Durant el recorregut, sense aclaparar-la gaire, Lombardi li va parlar de les classes i lliçons que li impartiria, com també dels viatges que farien a llocs d'interès històric i artístic, com a complement a les sessions teòriques.

Ja a prop de Monteforte, Lombardi va abordar la qüestió que més li preocupava. De moment, no diria a Claudia res de la Casa Fosca ni de les pertorbacions que provocava. Intentaria mantenir-la al marge. Per a això, havia ordit una història. Esperava que resultés eficaç, si més no durant una o dues setmanes.

—En aquests darrers temps han ocorregut a Monteforte una sèrie de fets molt lamentables. Hi ha hagut robatoris i saquejos, alguns amb persones ferides. Els soldats es dediquen a la persecució dels culpables, però ens han demanat a tots que prenguem les màximes precaucions. Fins que no s'hagi posat fi a aquests abusos, hauràs de romandre sempre a casa. Em sap greu, però la teva presència és massa preciosa per a mi per exposar-te al perill més petit. I tampoc no et perdràs gran cosa. Al poble no hi ha gent de la teva edat amb la qual et puguis relacionar.

Claudia va respondre de la manera en què Lombardi esperava que ho fes:

—No em farà res. Així em concentraré més en l'estudi.

—I si tan desfavorable situació es prolonga més del compte, avançarem alguns dels viatges instructius que he programat per a tu. Vull que la teva estada aquí sigui agradable i profitosa en tot, sense que res no l'enteli o l'entenebreixi.

—El que vostè disposi serà del meu grat —va contestar Claudia, portada pel desig de semblar exemplar des del primer moment.

La casa de Giacobbe Lombardi era una de les millors de Monteforte. No gaire gran, però amb bastants comoditats i un petit jardí amb molt d'encant. Contenia una biblioteca amb més de tres-cents volums, alguns dels quals incunables de gran valor.

La vella Lisabetta havia preparat la cambra de convidats i la seva petita avantsala perquè resultessin grates a Claudia.

Quan hi van arribar, l'anciana els esperava. Lombardi la va presentar a la seva fillola:

—És Lisabetta, segur que us entendreu molt bé. Jo m'ocuparé de tu en els aspectes acadèmics i d'estudi, i ella ho farà en les qüestions de la vida pràctica. Ambdós camps tenen molta importància. No en descurarem cap dels dos.

Claudia i Lisabetta es van saludar amb simpatia i gentilesa.

La dona vella dissimulava la seva preocupació. Lombardi li havia insistit molt que no fes a Claudia cap comentari sobre els problemes de la Casa Fosca ni permetés que ningú li'n parlés. Però Lisabetta pensava que li seria impossible evitar-ho. Tard o d'hora, la noia se n'assabentaria.

Uns dies més tard, Lombardi, Bolsena i el pare Mario van saber per mitjà del doctor Olmi que un prestigiós catedràtic de la Universitat de Pàdua, el doctor Giacomo Amadio, acompanyat d'un dels seus deixebles, aniria a Monteforte per conèixer i estudiar sobre el terreny l'estrany cas de la Casa Fosca.

ELS POSSEÏTS DE CREMONA

Amadio i Giovanni van tenir la mala sort de fer la part final del trajecte de Pàdua a Monteforte amb temps molt plujós i vents rafegosos, la qual cosa va incrementar molt les habituals incomoditats del viatge.

El professor va arribar fet una fúria i no féu cap esforç per dissimular-ho.

—Viatges com aquest li treuen a un les ganes de tornar a sortir de Pàdua en molt de temps! Quasi no puc entendre com hem arribat. El lògic fóra que ens haguéssim accidentat. Els camins estan entollats i enfangats de tal manera que les rodes i les peülles dels cavalls patinaven a cada moment.

Al peu de la tartana, Lombardi i Bolsena escoltaven amb cara de circumstàncies, sense interrompre.

—Per descomptat, a aquest home se li hauria de retre un homenatge —va continuar Amadio, referint-se al cotxer—. Arribar a destinació en aquestes circumstàncies deu ser a l'abast de ben pocs.

—No sap com lamento les penalitats que han patit, professor —va dir Bolsena, tractant de ser amable.

—Més ho lamentem nosaltres! —va replicar Amadio, encara amb una certa brusquedat, i, de manera més assossegada, afegí—: El jove que m'acompanya és un dels meus alumnes més prometedors. Li vaig demanar que vingués perquè ja ha demostrat alguna vegada que posseeix un talent especial per resoldre enigmes.

Alfredo havia preparat les dues millors i més endreçades habitacions de la posada de La Corneta d'Or per a Amadio i Giovanni. Hi havia una tercera cambra, de característiques similars, reservada per al doctor Olmi. No eren gran cosa, però les altres eren molt pitjors.

—Els hauria allotjat a casa meva de bon grat —els va explicar Lombardi—, però no és prou àmplia. Hi tinc des de fa uns dies la meva fillola i una dona encarregada de tenir-ne cura, i les condicions d'espai no serien les adequades.

—No s'hi amoïni, estarem bé aquí —va dir Amadio—. En tindrem prou que hi hagi neteja i, sobretot, silenci a la nit.

Alfredo havia preparat un apetitós sopar per a quatre persones. Amb la intenció de lluir-s'hi, va oferir una bona sopa, colomins, hortalisses, un guisat de pollastre i, com a plat estel·lar, llengua de vaca. Vins negres i blancs no hi van faltar en cap moment.

La degustació d'aquelles menges va millorar molt l'humor a Giacomo Amadio. Abans d'arribar a les postres, que van consistir en formatge i uns pastissets de pasta fullada, ja havia tornat a ser la persona cordial i apassionada que tanta gent apreciava.

—Des del moment en què el doctor Olmi em va parlar del que ocorre aquí, m'hi vaig interessar i vaig tenir desitjos de venir —va dir Amadio, i afegí a continuació—: Però vull que sàpiguen que no tinc cap autoritat ni sóc especialista en casos o situacions d'aquesta mena. El més assenyat per part meva seria agrair-los la confiança que puguin haver dipositat en mi, i a continuació declarar-me incompetent en la matèria, desitjar-los sort i acomiadar-me sense trigar per no fer el ridícul ni convertir-me en una nosa.

Bolsena i Lombardi es disposaven a protestar, però el catedràtic els va aturar amb un gest enèrgic i continuà:

—Però no me n'aniré tan aviat. Almenys no sense abans comprovar si la meva presència i la del meu alumne poden ser d'utilitat. I ara, per completar el que em va explicar el doctor Olmi, els agrairem que ens resumeixin la cadena de desagradables successos que han anat ocorrent.

—Ho faré amb molt de gust, amb l'ajuda del senyor Bolsena —va dir Lombardi.

El veterà professor va fer una detallada exposició dels fets, des de l'arribada de Friedrich Wolfhart fins al dictamen de Borromeo Albano. No oblidà referir-se a les escruixidores experiències sofertes per vagabunds i fugitius, a la tràgica mort del quincallaire, a l'acovardida reacció que havien tingut el jutge de Verona i el seu secretari, a la ineficaç destrucció del mirall per part de Mateo el ferrer, a la fallida prova a què van sotmetre l'arquitecte i al cúmul de sensacions opressives que diverses persones havien tingut, tant a la Casa Fosca com fora, fins i tot en somnis i malsons.

Després d'uns primers comentaris, Amadio va preguntar:

—Havien ocorregut fets estranys a la casa Carvacchi abans de l'arribada de Wolfhart? Tenia fama de lloc embruixat o maleït?

—En la seva llarga història hi va haver molts esdeveniments tristos i dolorosos: duels, emmetzinaments, tortures, matances, suïcidis, situacions de guerra... —va enumerar Bolsena—. Però, que sapiguem, res de semblant a això d'ara.

—Val més així, això facilitarà la nostra tasca. Si els fets vinguessin de molt temps enrere, la investigació oferiria major dificultat —valorà Amadio, i va continuar dient—: Mentre l'escoltava, professor Lombardi, m'han vingut a la memòria diversos casos que tenen semblança amb les anomalies relacionades amb la casa Carvacchi. Els exorcistes de l'Església en podrien oferir molts més exemples que jo, n'estic segur, és el seu àmbit. Però el qui fa servir documentació històrica es troba sovint amb cròniques o relats de fets de naturalesa estranya o paorosa. I del seu coneixement potser podrem extreure algunes conclusions interessants.

—Podria vostè il·lustrar-nos amb algun d'aquests casos, si no és demanar massa? —va sol·licitar Salvatore Bolsena.

—Ho faré de bon grat. Tenim, per exemple, el cas conegut com «Els posseïts de Cremona». Va ser recollit el 1576 per Massimo Dondi, el molt fiable cronista oficial de la ciutat en aquell temps.

Alfredo, l'hostaler, concloses ja les seves obligacions del dia, es va asseure a la taula per escoltar, i la seva dona va fer el mateix.

De manera semblant a com va succeir aquí, es va instal·lar a Cremona, l'any que he esmentat, un nefast personatge conegut amb el nom d'Asmodeus.

El Sant Ofici feia anys que l'estalonava però, estranyament, encara no havia actuat contra ell. Potser es pretenia reunir un expedient que, arribat el moment, resultés demolidor, ja que el personatge estava emparentat amb una influent família aristocràtica. Tot i que no hi havia proves concretes contra ell, tenia fama de fetiller, nigromant i mitjancer en tractes demoníacs.

Es va instal·lar en un palauet de Cremona. L'havia adquirit, segons deien i era lògic pensar-ho, amb els beneficis de les seves sinistres activitats. Duia una vida de luxe i d'ostentació que resultava escandalosa. Es burlava de totes les creences i, segons molts rumors, organitzava festes secretes i orgies en les quals es practicaven aberracions sexuals.

La immensa majoria de la població va acollir amb rebuig, temor i hostilitat tan abjecte personatge. Es van arribar a formar comissions per promoure la seva expulsió de la ciutat.

No es va aconseguir, però va ser declarat persona non grata i la gent es persignava al seu pas. I, tot s'ha de dir, hi havia indignació i hostilitat cap a ell, però també temor. No eren gaires els qui estaven disposats a encarar-s'hi de manera oberta. Al capdavall, era un individu que tenia reputació de bruixot i d'estar relacionat amb màgies negres i pactes infernals.

Però, tot i això, l'animadversió cap a ell es manifestava de moltes maneres. Van arribar a celebrar-se jornades d'oració en algunes esglésies. Eren molts els qui es preguntaven què esperava el Sant Ofici per fer-lo detenir i obligar-lo a confessar les seves horribles culpes.

I ja semblava que una cosa així ocorreria, quan els esdeveniments es van precipitar d'una manera ben diferent.

L'avorrit Asmodeus va caure malalt. Se'l veia molt menys pels carrers de Cremona. Les depravades orgies ja no se celebraven. Aviat van deixar de veure'l del tot.

Va córrer la veu que es trobava a les portes de la mort. Això va causar molta alegria. Hi va haver desfogaments i manifestacions cruels. Alguns s'acostaven als finestrals de la seva habitació de malalt amb cassoles i esquelles i armaven estrèpit perquè sabés que s'alegraven que s'estigués morint.

Ell va reaccionar com era d'esperar en una persona de la seva espècie. Va maleir ferotgement els habitants de Cremona i va anunciar:

«Ara ja no em puc defensar perquè la salut i el vigor han fugit del meu cos i l'han convertit en una ruïna. I això ja només canviarà per empitjorar. Sé que sóc a prop de la fi i que serà molt dolorós.

»Però tinc un gran consol: la seguretat de la venjança. La vostra alegria no durarà gaire temps perquè tornaré després de mort, amb la força paorosa que té el qui torna amb l'ajuda de l'Infern, i us turmentaré de tal manera que lamentareu haver nascut per haver de suportar tant sofriment.»

Aquelles terribles paraules, conegudes per mitjà dels criats que cuidaven Asmodeus, van arribar a tots els racons de Cremona i van causar molta commoció. Alguns ciutadans els van treure importància, però d'altres van quedar molt impressionats. Temien que els seus negres poders l'ajudessin a complir-les.

Uns dies després es va anunciar la seva mort. Se li va negar la inhumació al cementiri. Les seves restes van haver de ser enterrades en terra no sagrada. Odiat o temut per tothom, al seu sepeli no va assistir pràcticament ningú.

I aquí hauria d'arribar aquesta història al seu final, però no és així.

Després d'aquella mort va venir el pitjor.

No van passar gaires setmanes sense que comencessin a sentir-se veus d'alarma. Segons deien alguns, el temut Asmodeus estava complint les seves terribles amenaces.

Diverses persones van assegurar que se'ls apareixia en somnis, ple de poder i crueltat, amb un aspecte sepulcral escruixidor, anunciant grans sofriments i desgràcies.

A mesura que passava el temps, cada vegada eren més els qui deien rebre aquestes visites en el més profund del seu son, quan eren totalment vulnerables i no es podien defensar.

I el pitjor era que aquells malsons tendien a repetir-se, cada vegada més intensos. Les persones que els patien temien l'arribada de la nit i, sobretot, el moment d'anar-se'n al llit, com si dormir fos un suplici. El simple fet d'endormiscar-se ja els causava un temor insuperable. Temien que ell continués turmentant-los sense pietat fins que ja no ho poguessin suportar més.

Va arribar a haver-hi noranta-tres persones censades que van emmalaltir o van patir trastorns considerables a causa de l'encalç d'Asmodeus. El veien en somnis quasi diàriament. No se'n podien escapar per cap mitjà. Els anomenaven «Els posseïts de Cremona».

Però el nombre d'afectats va ser molt més gran, si considerem com a tals tots els qui van arribar a sofrir aquells malsons, encara que fos amb menor freqüència o intensitat.

I tot allò hauria anat en augment, no sabem fins a quins extrems, si no fos perquè una inesperada notícia va posar fi de manera dràstica a tots aquells trastorns.

Gairebé sis mesos després del seu enterrament, es va saber de manera fefaent que el maligne Asmodeus no havia mort.

Estava malalt d'una certa gravetat, però vivia..

Es trobava en un sanatori perdut a les muntanyes.

La seva mort i el seu enterrament havien estat una farsa perpetrada per sembrar la por entre els habitants de Cremona. D'ajudants per dur-la a terme, no li'n van faltar.

La por, la superstició i la creença en venjances sobrenaturals havien fet la resta.

Aquella notícia va ser com un vent fresc que va escombrar en poc temps l'immens embull de temors i malsons.

El nombre de persones que creien que Asmodeus els visitava des de l'Altre Món en somnis va anar minvant fins a quedar reduït a un petit grup d'irrecuperables.

L'ombra malèvola d'Asmodeus va deixar de projectar-se sobre Cremona, i tant ell com les seves amenaces van anar quedant oblidats.

Passats uns pocs anys, ja gairebé ningú no recordava que havia estat allà.

UNA TRÀGICA ALBA A PISA

Al final del seu relat, Amadio va dir:

—El cas d'«Els posseïts de Cremona» es comenta per si mateix. Es van anar contagiant el temor els uns als altres fins a donar-li entre tots una força molt difícil de vèncer. Però n'hi va haver prou que fallés la base perquè el castell de la por s'esfondrés. Els podria contar altres casos semblants, ocorreguts en els últims dos-cents o tres-cents anys, i arribaríem a una conclusió similar. Els demolidors efectes de la por no coneixen límits. Ningú no n'és lliure. Però algunes persones són més vulnerables que d'altres. I l'aprensió, la ignorància, la credulitat i la superstició són factors agreujants.

—Hi ha algunes semblances entre el que succeeix aquí i el que vostè ens ha explicat —va admetre en Lombardi, i objectà a continuació—: però també hi ha diferències notables. Wolfhart no va amenaçar ningú. Va viure aïllat. No va poder percebre cap rebuig ni hostilitat per part nostra. No ens feia gens de cas. A més, no va fingir la seva mort. Es va limitar a desaparèixer un dia amb el seu criat, de la mateixa manera invisible i misteriosa que havia utilitzat a la seva arribada.

—Té vostè raó en assenyalar aquestes diferències —va acceptar Amadio—. Fan que el cas de Monteforte sigui encara més notable.

—En quin sentit? —va preguntar Bolsena, sense endevinar a què es referia Amadio.

—Wolfhart ens està demostrant que és més eficaç que Asmodeus. No va necessitar llançar malediccions o amenaces, ni anunciar venjances. No va fer gairebé res. Es va limitar a estar uns quants mesos aquí. I, això no obstant, va deixar una empremta de por quasi tan profunda com la d'Asmodeus a Cremona. I, en alguns aspectes, la de Wolfhart és encara més gran.

—També aquí ens assabentarem un dia d'alguna cosa que posarà fi a tot això? —va preguntar Alfredo, l'hostaler.

—No sé si serà tan fàcil, però no ho descarto. Continuo veient semblances entre ambdós casos —va dir Amadio.

—Però les diferències són abundants. Si em permet, n'exposaré algunes més —va proposar Bolsena.

—Faci-ho —el va animar el professor de Pàdua.

—El vagabund i el pròfug de la justícia que van sortir terroritzats de la Casa Fosca, i el quincallaire que va morir allà dins, no coneixien Wolfhart ni sabien qui era. Per tant, no podien tenir-li cap por. I, tanmateix, van notar la presència de l'horror en entrar allà.

—I hi ha hagut altres casos de més pes —va recordar Lombardi—. El jutge de Verona i el seu escrivà, i el doctor Olmi i el seu jove ajudant, no tenien tampoc per què tenir cap por de Wolfhart. Ni tan sols sabien que existia. I, això no obstant, els va entrar un pànic que els va trastornar i els va obligar a sortir, de manera quasi humiliant, de l'edifici. No són circumstàncies que allunyen aquest cas del de Cremona?

—En part sí, però no del tot —va respondre Amadio, sense definir-se encara amb claredat—. A propòsit: allò del mirall també m'ha avivat el record d'alguns casos semblants que podria portar a col·lació. Per exemple, el de Pisa. És encara recent, del 1779, si no em falla la memòria. Digui'm, Conti, vostè que sap alguna cosa de miralls, veu oportú que exposi un cas d'aquest tipus?

—Si els senyors que ens acompanyen no hi tenen inconvenient, per descomptat que sí.

—No, per Déu, com n'havíem de tenir? —va protestar Bolsena, més per cortesia que per veritable interès.

—Tot allò que ens pugui ajudar a comprendre millor el que passa aquí serà benvingut —va dir Lombardi, confiant que de veritat servís per a alguna cosa.

Alfredo i la seva dona no van dir res, però es van aclofar millor als seus seients per escoltar amb més atenció.

—Els miralls són, potser, d'entre els objectes d'ús habitual, els més suggeridors, indefinits i estranys —va comentar Amadio a tall de preàmbul—. Per això no ens ha de sorprendre que tant en la vida real com en les faules i les llegendes es trobin tan sovint al centre d'esdeveniments singulars i prodigiosos. I també, de vegades, tràgics, com en el cas que els exposaré.

Un pròsper i adinerat comerciant de la ciutat de Pisa va adquirir, en una subhasta d'antiguitats i objectes sumptuaris, un mirall que destacava per les seves grans dimensions i excepcional bellesa.

La lluna tenia una preciosa sanefa de formes geomètriques esmerilades i gravades al foc, i el marc era un treball d'ebenisteria artística de primera qualitat.

El seu estat de conservació era magnífic, gairebé semblava nou, a pesar de tenir més de dos-cents anys. I el va poder aconseguir a un preu raonable.

El comerciant estava molt satisfet de la seva compra. Pensava regalar el preciós mirall a la seva única filla, que aviat faria dotze anys i ocuparia una nova habitació pròpia, amb avantsala i vestidor, al palazzo *familiar.*

Només hi havia un aspecte que entelava una mica l'eufòria del comerciant: l'artífex del mirall havia estat el mestre Arconatti. Això el convertia, encara més, en una peça de prestigi. Però també el dotava d'una certa aurèola d'objecte maleït.

Per als qui se la volguessin creure, circulava una negra història sobre el mestre Arconatti. Pel que semblava, en l'última etapa de la seva vida havia rebut la visita d'un enigmàtic cavaller de port auster i mirada encesa que li va oferir un pacte secret. Si el mestre acceptava determinades condicions que no es van revelar mai, adquiriria la capacitat de crear uns miralls que serien els més desitjats i cotitzats al continent.

Segons es va dir, Arconatti va acceptar el tracte i a partir d'aleshores van anar sortint del seu taller uns miralls de tan singular bellesa que aviat es van convertir en els més sol·licitats als millors palaus, salons i teatres.

Però, anys després, finat ja Arconatti, van començar a circular rumors inquietants. Segons deien, als vestíbuls, salons o estances on eren els miralls creats per Arconatti en la darrera etapa de la seva vida, ocorrien, tard o d'hora, grans desgràcies. Assassinats especialment cruents, suïcidis inex-

plicables, enfrontaments mortals, desaparicions de persones, morts sobtades, accidents de conseqüències fatals...

I alguna cosa certa hi havia en això, segons van testimoniar diverses persones dignes de confiança. Però la coincidència d'uns quants casos vertaders va engendrar una sospita generalitzada. Semblava que tots els miralls dels últims anys d'Arconatti atreien de manera inevitable la mort o la desgràcia.

Hi va haver famílies, col·leccionistes i directors d'institucions que els van agafar por i se'n van desprendre. Però també es va produir el fenomen invers: aquella mala reputació va atreure els buscadors de peces singulars, els amants d'objectes maleïts i alguns rics capriciosos que volien presumir o sorprendre les seves visites mostrant-los, en una habitació tancada, un arconatti autèntic que, suposadament, havia causat ja diverses morts.

Així doncs, els qui estaven atemorits i volien vendre no trigaven gaire a trobar comprador, i les cotitzacions es van mantenir més o menys estables. No parlem d'un gran nombre de peces. Hi havia, segons les més afinades estimacions, no més de vuitanta arconattis de l'última època del mestre.

Amb el pas del temps els rumors es van anar apagant i van caure en un cert oblit. No hi va haver notícia de nous casos greus. En les darreres dècades ja gairebé només es parlava de la bellesa extraordinària dels miralls d'Arconatti, tot i que la seva llegenda maleïda era viva encara, com en un teló de fons.

El comerciant de Pisa era un home de caràcter pràctic i resolut, molt poc propens a renunciar a alguna cosa a causa de fosques llegendes del passat. Com a persona ben informada que era, coneixia la mala fama que havien tingut els arconattis. Però no creia que cap mirall, ni els d'Arconatti ni els de cap altre artífex, poguessin atreure per si mateixos la desgràcia, la desesperació o la mort. L'únic que li importava era regalar a la seva estimada nena aquell mirall tan preciós.

Va ser col·locat al vestidor de l'habitació a la qual ella s'instal·laria. Com que pesava molt, en comptes de penjar-lo el van encaixar al mur. Era tan lluminós que semblava desprendre una claror pròpia. Engrandia de manera inaudita els confins de l'estança.

La filla del comerciant va agrair molt aquell magnífic regal. En poc temps es va convertir en una de les seves pertinences més estimades.

La noia va conviure uns quants anys amb el mirall. Les donzelles l'ajudaven a vestir-se i la pentinaven al seu davant. I tota sola va passar moltes estones mirant-s'hi, emprovant-se vestits, assajant gestos i expressions, observant-se, veient-se créixer.

En aigües superficials, en aparença, tot anava bé. Però no a les aigües profundes. I ningú no se'n va adonar fins que ja va ser tard per remeiar-ho.

La tragèdia es va presentar de sobte, inesperada, cruel, esquinçadora.

Un trist dia, una de les noies del servei va pujar molt de matí a la part més alta de la casa. Anava a una cambra a la qual es guardava part de la roba de llit. El comerciant esperava uns col·legues de Florència que s'allotjarien al palazzo*. Calia preparar les seves habitacions per a aquella mateixa tarda.*

Al cap de poc d'haver arribat a la cambra, la criada va cridar de tal manera que les graules que es trobaven a la teulada van sortir volant espaordides com taques negres llançades en l'aire. La casa sencera es va sobresaltar en sen-

tir la seva veu desesperada i tant els qui estaven ja desperts com els qui encara dormien van ser afectats per la fuetada.

En intentar obrir la porta de la cambra, la criada havia notat que oferia resistència. Era com si alguna cosa la frenés des de dins. Es va estranyar. Havia entrat moltes vegades allà sense cap dificultat. Va tornar a empènyer. Només va aconseguir obrir una mica més, amb prou feines un pam. Li feia l'efecte que una cortina gruixuda i pesant impedia des de dins que la porta s'obrís lliurement.

Però no hi havia cap cortina. Era la dissortada filla del comerciant qui obstaculitzava el moviment de la porta.

S'havia llevat la vida abans de l'alba. El seu cos, ja sense vida, penjava d'una biga. Acabava de fer disset anys. La criada la va veure en treure el cap a l'interior.

Quan el seu pare va saber el que havia ocorregut, tothom es va pensar que embogiria de dolor.

Van tornar a la seva memòria totes les desgràcies que en el passat s'havien atribuït als miralls d'Arconatti. Es va sentir com el pitjor dels pares per haver menyspreat aquell perill. Havia exposat la seva filla a la influència d'un mirall maleït durant tots aquells anys. Ara ho veia com un error fatal que mai no es podria perdonar.

En el seu immens dolor, no va tenir dubtes que el causant d'aquell fet espantós havia estat el mirall. No es podia imaginar cap altra causa. S'abraçava sense parar a la seva nena morta suplicant-li que el perdonés per haver-la situat tan a prop de l'abisme. Diversos familiars van haver de separar-lo per força del cos sense vida de la noia perquè ell es resistia a deixar d'abraçar-la.

Fora de si, va ordenar als seus criats que arrenquessin el fatídic mirall del mur i el baixessin a la plaça pública. Allà, com en un acte de fe contra si mateix, davant de centenars de persones commogudes, es va maleir en veu alta set vegades, es va declarar culpable del succeït, va escometre el mirall amb una gran pala de carboner i va reduir la lluna a fragments minúsculs i la motllura, a estelles.

Acabat el seu relat, Amadio va quedar callat. Observava el rostre dels altres per veure quin efecte els havia fet la història.

Alfredo va rompre el silenci:

—El comerciant de Pisa va fer el mateix que Mateo el ferrer, trencar el mirall per acabar l'embruixament.

—Sí, i en ambdós casos el resultat va ser el mateix. La noia no va tornar a la vida i la Casa Fosca continua fent por —va dir Bolsena.

—Perquè ni en l'un ni en l'altre cas el mirall era la causa, sinó tan sols un element ambiental —va opinar Amadio—. Podem comprendre la reacció del comerciant. El dolor va ofuscar la seva ment del tot. Es va sentir culpable fins a un grau que no era capaç d'assimilar perquè no trobava cap més explicació a un fet tan tràgic. Però nosaltres, des de la distància, podem veure les coses d'una altra manera. Es pot pensar que la seva filla havia anat desenvolupant la insània que la va dur a donar-se mort. De manera recòndita i callada, emmascarada per tristeses i malenconies aparentment normals, una malaltia del pensament i de l'ànima la va anar minant, sense que es notés, fins a la seva terrible eclosió final.

—De totes maneres, i encara que el que diré està en contradicció amb les meves idees, jo crec que en el cas de Pisa el mirall sí que va tenir alguna cosa a veure amb el suïcidi de la filla del comerciant —va dir Lombardi—. No pas en el sentit que provoqués la desgràcia, però sí que en va formar part.

—Crec que el professor té raó —es decidí a intervenir Giovanni Conti—. És possible que ella, en la seva malaltia, s'obessionés amb el mirall. I fins i tot que li parlés i el convertís en el seu confident. Potser va escriure davant seu el diari del seu descens a la bogeria.

—Molt ben expressat, Conti —va aprovar Amadio, qui encara continuava veient en Giovanni un alumne—. Segons que es va saber per membres del servei, als últims mesos de la seva vida ella es mirava molt sovint al mirall, de vegades llarga estona, sense cansar-se'n, com en èxtasi. El seu pare ho sabia perquè les criades li ho havien comentat. Ell mateix la va veure diverses vegades mirant-se d'aquella manera. Però no li va donar importància. Va considerar que eren actituds abstretes de noia, coses de la seva edat, rareses femenines que desapareixien amb el temps.

—Doncs llavors sí que hi va haver una relació morbosa amb el mirall —va apuntar Bolsena.

—El mirall va ser el testimoni del seu gradual enfonsament, no pas el causant —va precisar Amadio—. Segons el meu parer, l'origen de la malaltia ja es trobava en ella, no cal buscar-lo en res més.

—I l'origen del mal que s'ha desenvolupat a la Casa Fosca, on és? —va preguntar la dona d'Alfredo, més interessada per allò que els aclaparava llavors que pels casos del passat.

—Això és el que entre tots hem d'esbrinar. Ha confirmat el doctor Olmi que serà demà aquí?

—Així ens ho ha comunicat per mitjà d'un emissari —va dir l'alcalde.

—Perfecte! La seva ajuda serà molt valuosa.

—Tenen vostè i el seu deixeble intenció d'entrar a la casa Carvacchi per fer-hi un cop d'ull? —va preguntar Bolsena.

—No ho descartem, però no ho farem de moment. Enfonsar-se al mar no és la millor manera de navegar-hi. De vegades l'estudiós ha de mantenir una certa distància amb allò que analitza per poder observar-ho millor.

UN JOC SECRET

A Claudia començava a semblar-li que alguna cosa estranya succeïa.

En aparença, tot es desenvolupava de manera normal i tranquil·la, però alguns dels gestos i de les mirades que percebia al seu voltant li creaven uns certs dubtes.

S'havia recuperat amb facilitat de la fatiga del viatge i havia començat les classes amb molt interès. S'adaptava bé a la seva nova vida. Tot li resultava agradable. No trobava a faltar ni el llit. Però hi havia alguna cosa a l'ambient que l'enraria una mica.

Giacobbe Lombardi era un excel·lent preceptor. Transmetia els coneixements amb amenitat i paciència, i no li importava repetir els conceptes fins que quedaven ben clars. Però s'advertia en ell una actitud un xic absent. De vegades, en plena sessió, se'l veia abstret. Tot i que procurava dissimular-ho, es notava que alguna cosa aliena a la classe li ocupava el pensament. Ella va creure al principi que era allò dels robatoris i saquejos que li havia esmentat en arribar a Monteforte. Després va canviar d'opinió i va pensar que es devia tractar d'una altra cosa.

Amb la senyora Lisabetta s'havia creat molt bona relació. L'anciana procurava que a Claudia tot li resultés satisfactori. Estava molt pendent d'ella, però sense fer-se pesada ni atabalar-la. Sempre tenia una frase o un somriure amable, i solucions adients per als problemes pràctics que es presentaven.

Però també a ella la veia una mica rara. Li va preguntar si ja havien detingut els autors dels robatoris. Lisabetta va dir que no i canvià de seguida de conversa. La dona sabia que allò dels robatoris era el pretext que havia ideat Lombardi per retenir Claudia a casa les primeres setmanes. Però, com que era mentida, Lisabetta tenia por que la noia li ho notés si parlaven de la qüestió.

Quan Claudia mirava a través de les finestres i veia passar algun dels habitants de Monteforte, li feia l'efecte que portaven un pes invisible a l'esquena. Es feia a la idea que li ocultaven alguna cosa perquè era forastera.

Però això no li causava temor ni inquietud.

Més aviat s'ho prenia com un joc secret, com una endevinalla vivent, com un atractiu repte.

«A l'últim esbrinaré què és —es va prometre—. Faré veure que no m'adono de res, però em fixaré en cada gest i en cada mirada i al final ho sabré.»

LA TEORIA DE LES ÀNIMES COMUNICANTS

Amb l'arribada del doctor Olmi a Monteforte es va constituir una mena de comitè per tractar de resoldre allò que, pel que semblava fins llavors, tenia molt difícil solució. Salvatore Bolsena va oferir una sala de casa seva per a la reunió.

Hi van assistir Olmi, Amadio, Giovanni, Lombardi, el pare Mario, que aquell dia es trobava a Monteforte, Umberto i Bolsena, l'amfitrió.

Olmi va ser informat de tot allò que havia succeït en la seva absència. Un cop sentit tot, va comentar:

—Crec que en el que va dir el dominic hi ha una part de la clau d'aquesta lamentable història. Saber amb exactitud qui dimonis és, valgui l'expressió, Friedrich Wolfhart ens podria acostar a l'arrel del problema.

—En això crec que estem tots d'acord —va dir Lombardi—. Però no n'hem tornat a saber res més. Pare Mario, ha tingut vostè notícies de Borromeo Albano?

—Encara no, però en tindrem en qualsevol moment. Va donar la seva paraula de tornar, i la complirà. Ells treballen cada cas molt a fons, a consciència, pas a pas, sense precipitar-se, fins al final.

Amb un cert desvergonyiment, Umberto va dir:

—Una cosa és precipitar-se i una altra de molt diferent, adormir-se sobre els llorers.

Per clavar una bufetada moral al barber, mossèn Mario va replicar:

—Jo no em considero amb prou autoritat per jutjar una tasca tan difícil i transcendent.

—El dictamen dels exorcistes podrà tenir interès, no dic pas que no —deixà caure Giacomo Amadio, com si més aviat ho posés en dubte—, però, mentre no el tinguem, alguna cosa haurem de fer pel nostre compte.

—I tant —va asseverar Olmi—. Per això som aquí.

—Aquestes últimes hores he parlat molt amb el meu jove amic Conti. —Giovanni, en sentir aquelles paraules, es va emocionar. Era la primera vegada que Amadio no es referia a ell com a alumne o deixeble. L'havia ascendit a l'honrosa categoria d'amic—. I m'alegra dir-los que de les nostres converses ha sortit una idea per resoldre el cas de la mansió Carvacchi. Les hipòtesis que jo m'havia formulat han canviat força.

—Ja desitgem saber de quina idea es tracta —s'apressà a dir Lombardi.

Amadio es va prendre uns instants i començà a parlar amb els ulls entretancats, com si d'aquesta manera millorés la seva concentració.

—Algú ha d'entrar en aquella condemnada casa i romandre a dins el temps necessari.

Aquelles paraules van causar una certa sorpresa.

—Quant temps seria el necessari? —va preguntar el pare Mario.

—No ho sabem. Però, per descomptat, molt més del que fins ara han resistit els qui hi han entrat, si exceptuem el pare dominic. I a més necessitem algú que hi vagi sense saber que entra en un lloc que s'ha convertit en una mena de casa de l'horror.

—Aquesta prova ja la vam fer amb l'arquitecte. Ahir li ho vam explicar —li va recordar Lombardi—. Ho ha oblidat?

—De cap manera. Però, sense ànim de crítica, permetin-me que els digui que, segons el meu parer, aquella prova no va demostrar el que pretenia demostrar.

Sorprès i una mica molest, Lombardi va preguntar:

—En què basa una afirmació tan rotunda?

—En el fet que crec que la prova va ser falsejada des del principi.

Bolsena va dir:

—Li puc assegurar que no. L'arquitecte desconeixia del tot el que ocorre a la Casa Fosca. I, això no obstant, com tots els altres, es va sentir terroritzat al cap de poc de ser allà dins. Després li ho vam preguntar i ens ho va confirmar: hi havia entrat sense cap temor, convençut que faria una mera valoració arquitectònica. Se'l veia tan sincer com si parlés sota jurament.

—I jo crec que va dir la veritat —va assegurar Amadio—. No en tinc cap dubte, d'això. I vostè, Giovanni?

—Jo tampoc. Cap.

Amb una certa perplexitat, el doctor Olmi va preguntar:

—Aleshores, per què consideren nul·la la prova?

—Perquè les sensacions d'angoixa i de por que va tenir l'arquitecte no demostren de cap manera que a la

Casa Fosca hi hagi de veritat influències macabres, diabòliques o d'ultratomba —va afirmar, categòric, Giacomo Amadio, després de bescanviar una ràpida mirada amb Giovanni.

Quasi al límit de la seva paciència, Bolsena va preguntar:

—Aleshores, què diantre és el que passa allà?

La resposta d'Amadio va ser com una pentinada:

—Els ho diré amb claredat: segons el nostre parer, no hi passa res. No hi ha cap fenomen anormal, cap influència del Més Enllà, cap manifestació demoníaca, cap llavor de l'horror. No res. És tan sols una casa buida i deshabitada. Tan lletja, llòbrega i inhòspita com es vulgui, però res més. I si vostès ens hi ajuden intentarem demostrar-ho.

Va ser tal l'estupor i la perplexitat que aquelles afirmacions van causar que, per uns moments, ningú no va dir res. Després, sense dissimular la seva indignació, Bolsena va replicar:

—Perdoni, professor Amadio, però crec que ens hi va la dignitat d'alguns dels qui som aquí. Com pot vostè, sense haver posat els peus a la Casa Fosca, sense haver-hi estat ni un minut, dir aquestes coses? No creu que menysprea el testimoni de tots els qui ho hem passat molt malament allà, incloent-hi el doctor Olmi, per qui em consta que té vostè un gran respecte?

Amadio es disposava a respondre, però el pare Mario se li va avançar. La seva indignació no era menor:

—Si em permet, crec que ha caigut en el pecat de la vanitat. Per què afirma que allà no hi ha res fora del normal? Només perquè admetre el contrari no encaixa en les seves idees, perquè és incompatible amb la seva manera de pensar? És això el que fa, afirmar que tot allò que no entra en la seva noció de les coses no existeix? Doncs no és una manera gaire científica de raonar que diguem. L'hauria de reconsiderar.

—Demano perdó si la meva manera d'expressar-me ha molestat algú —va dir Amadio, com si no fos evident que havia estat així—. Però, tant si tinc raó com si no, creguin-me, només intento ajudar.

Per tornar a centrar la conversa, Lombardi va insistir en el punt més sensible:

—Per què ha dit que la prova que vam fer amb l'arquitecte va ser falsejada des del principi? Creu que ell ens va enganyar?

—No. Van ser vostès, sense adonar-se'n, els qui la van falsejar.

—Nosaltres? De quina manera? —va preguntar Bolsena; incapaç d'imaginar-se quina podia ser la resposta.

—Estant allà amb ell.

Francesco Olmi va sortir del seu silenci:

—Em sembla que no l'entenc, Amadio. Només pel fet d'acompanyar l'arquitecte van invalidar el resultat de l'experiment?

Com defensant-se, Lombardi volgué deixar clares unes quantes coses:

—Nosaltres ens vam aguantar i vam dissimular la por que teníem. A ell, el vam deixar tranquil, va poder moure's a gust, va anar per on va voler, va portar sempre la iniciativa, amb prou feines li vam dir res i vam restar en un segon pla tota l'estona. Ens fixàvem en les seves reaccions i prou.

—És a dir, van estar molt pendents d'ell, atents en tot moment als seus gestos i als canvis d'expressió de la seva cara. No és això?

—Sí, és clar —va admetre Bolsena—. Es tractava d'això, oi? Però després ell ens va assegurar que no havia notat que l'observàvem d'una manera especial.

Amadio va fer un significatiu silenci i després va dir:

—Ell no ho va notar, però vostès li van contagiar la seva por. I com més s'esforçaven a dissimular-ho, més gran era el contagi. És el que Conti ha denominat la teoria de les ànimes comunicants. Exposi-la vostè mateix, Giovanni.

Amb un xic de timidesa, l'estudiant va dir:

—Després de donar-hi moltes voltes, he pensat que hi ha una mena de cercles invisibles que surten de cada persona i arriben a les altres, a les que són més a prop, i les poden afectar sense que se n'adonin. En situacions molt crítiques o molt tenses, per exemple quan hi ha por, angoixa o molta preocupació, és quan més ha d'ocórrer.

—Si Conti té raó, la qual cosa és més que probable, l'arquitecte va ser influït per vostès. Com més s'esforçaven a dissimular, més donaven sortida d'aquella altra manera a les seves sensacions de por. Les ànimes es van comunicar i el contagi es va produir.

—Tinc una objecció a aquesta teoria —va dir mossèn Mario—. El pare Borromeo Albano va estar a dins, completament sol, durant gairebé tres hores. I quan va sortir era la imatge del sofriment. No va donar gaires explicacions, però va quedar clar per a nosaltres que havia viscut una experiència d'horror.

—Dues qüestions: encara que vostès no hi entressin amb ell, li van parlar molta estona, el van acompanyar, van estar allà fora, esperant, tement. Es va crear una comunicació intensa. Hi havia murs pel mig, però la separació era molt petita —va puntualitzar Amadio—. A més, el pare Albano va entrar sabent molt bé què hi anava a fer. Tenia tota la informació. Anava especialment predisposat a trobar-se amb alguna cosa maligna. Potser fins i tot ho desitjava, per poder-la combatre. El seu cas i el de l'arquitecte no són homologables.

—Sóc del mateix parer, van ser situacions diferents —va dir Olmi—. Reprenguem el fil conductor. Deia vostè fa un moment que algú que no sàpiga res del que passa hauria d'entrar a la casa Carvacchi i romandre-hi un quant temps. Bé. Però, com evitarem que es produeixi el contagi de què va ser víctima l'arquitecte?

Va ser Giovanni el qui va respondre:

—Aconseguint que aquesta persona hi vagi tota sola, pel seu compte, sense que cap de nosaltres l'acompanyi, ni n'estigui pendent, ni sàpiga exactament quan hi va. És a dir: sense que ningú li pugui encomanar la seva por.

Umberto pensava que era una proposta impossible de complir, i ho va donar a entendre amb escepticisme:

—I quan es presenti per aquí algú que no sàpiga res del que passa a la Casa Fosca, cosa cada vegada més difícil, tot sigui dit, perquè ja es comenta pertot arreu, com ens ho compondrem perquè es fiqui allà pel seu compte i es quedi a dins no se sap quant temps?

—Això ja es veurà, ens les empescarem —va dir Amadio—. Però abans haurem de trobar aquesta persona. Com més aviat millor.

Bolsena volgué llevar-li l'esperança:

—Doncs no sé quant caldrà esperar. Temo que bastant. Com ha dit Umberto, a Monteforte i als pobles dels voltants tothom està al corrent del que passa. I quan apareix un foraster, és la primera cosa que li expliquen.

—De veritat no hi ha ningú que ens pogués ajudar sense saber-ho? —va preguntar Amadio.

Bolsena i Umberto miraven Lombardi. Amadio se'n va adonar:

—No va dir vostè que des de fa uns dies té una fillola a casa seva?

La resposta de Lombardi va sonar amb duresa:

—Hi pensaria vostè si fos alumna seva o estigués sota la seva responsabilitat?

En comptes de respondre, Amadio va fer una altra pregunta:

—Està assabentada del temor que afligeix la gent a causa de Wolfhart?

Lombardi va estar temptat de mentir, però pensà que seria pitjor i no ho va fer.

—Fins ara li ho hem ocultat per no inquietar-la sense necessitat.

—Li dóna vostè classe de coneixement de les Arts?

Lombardi va fer un grunyit que semblava afirmatiu.

—Doncs d'aquí podria sortir el pretext. Li demana vostè que vagi a la casa Carvacchi per fer un dibuix d'algun dels patis, o un croquis d'una planta, no ho sé, o identificar una sèrie d'elements arquitectònics, alguna cosa que la tingui ocupada una bona estona. I ja veurà com al final aquesta jove surt d'allà, amb plena tranquil·litat d'esperit i el dibuix acabat. I l'única cosa que haurà notat serà un avorriment mortal, segur que sí, però gens d'angoixa o de pànic!

—Em prenc aquesta idea com una especulació teòrica, professor Amadio. Però, com comprendrà, no tinc ni la més petita intenció de posar-la en pràctica. Sóc el preceptor de Claudia, i responc d'ella davant dels seus pares. No tinc dret a exposar-la a res que pogués danyar-la o perjudicar-la ni remotament.

Olmi va intervenir en suport de Lombardi:

—Encara que reconec que m'agradaria que la prova es dugués a terme per veure quin resultat donava, comprenc la negativa de Lombardi. Estimat Amadio, sabem que a vostè li agrada sotmetre de vegades els seus alumnes a proves secretes per estimular les seves facultats i posar-los en situacions que els facin reflexionar i reaccionar. Però això no és la universitat.

Amadio va girar a l'inrevés l'argument:

—És veritat. No parlem de pràctiques de biblioteca o d'aula, ni d'exercicis d'aprenentatge, sinó d'una cosa moltíssim més important. No crec exagerar si dic que potser som en un enforcall de la Història. Si demostrem que a la casa Carvacchi, malgrat tot, no hi ha res que s'escapi de les lleis fisiconaturals, la racionalitat haurà fet un nou pas. Si aconseguim entendre totes les anomalies i pertorbacions que s'han anat produint sense recórrer a cap explicació esotèrica ni obscurantista, tornarem la tranquil·litat a la regió i farem possible una nova victòria del pensament il·lustrat.

—Comparteixo al màxim tots aquests objectius —va dir Lombardi, qui s'esforçava a mostrar-se equànime—, però no hi inclogui la meva fillola. És un límit definitiu, infranquejable. Només té setze anys, quasi acabats de fer. I no és un noi, és una noia. Si anés a la Casa Fosca, quedaria impressionada i esgarrifada de bon principi per l'aspecte lúgubre de l'indret. I no diguem si després hi entrés.

—No n'estigui tan segur, d'això —va respondre Amadio—. Si sabés vostè a quins llocs envio de vegades els meus alumnes se sorprendria. I encara que és un fet que es dóna de tant en tant, de vegades hi ha alguna alumna entre ells. I no acostumen a desmaiar-se fàcilment, hi ha noies que tenen una fibra molt especial. Les pràctiques d'investigació històrica requereixen en alguns casos baixar a lúgubres criptes, copiar inscripcions de làpides a cementiris afantasmats per la boira, o entrar a temples abandonats on cada pas i cada veu té ecos sinistres. És a dir, llocs molt més tenebrosos que la casa Carvacchi. I ningú no es desmaia ni fuig corrent, li ho puc assegurar.

—De totes maneres, ficar aquesta noia a la Casa Fosca, en les circumstàncies actuals, seria una imprudència molt greu —va dir Bolsena, per reforçar la negativa de Lombardi—. I si a ella li ocorregués res, vostè, com a inductor de la prova, seria el primer a lamentar-ho.

Un dels trets de la personalitat de Giacomo Amadio era la tenacitat. Quan defensava un punt de vista o una proposta era incansable. De vegades fins i tot en feia un gra massa i semblava no escoltar o no tenir prou en compte les opinions dels altres. Aquesta vegada va succeir de nou:

—Comprenc els seus escrúpols i la seva preocupació. I encara més: els elogio per això. No vull forçar-los a res ni anar contra corrent. Però sí que els prego que donin resposta a una pregunta.

—Faci-la —li va demanar el doctor Olmi.

—Creuen vostès que hi ha cap possibilitat, per insignificant que sigui, que a la Casa Fosca, com aquí l'anomenen, hi hagi alguna presència invisible de dimonis, esperits, fantasmes, espectres o apareguts, o la influència d'algun encantament, maledicció, fatalitat o embruixament?

Lombardi va apuntar un somriure i digué de seguida:

—Em nego a contestar. La seva pregunta inclou una trampa dialèctica. Si la meva resposta és «no», dirà vostè llavors que no hi ha res a témer si Claudia va allà. I si dic que «sí», em col·locaré al bàndol dels obscurantistes. No m'ha deixat vostè sortida.

—No em cansaré de recordar-los —va dir el pare Mario per pal·liar la sensació que la seva veu amb prou feines s'escoltava— que Borromeo Albano, un dels exorcistes amb més autoritat en aquests moments, va donar a entendre que a la casa Carvacchi hi ha una greu infestació d'indole malèfica.

—No sóc ningú per posar en dubte el que va afirmar un especialista tan destacat —va declarar Amadio, amb una velada ironia que no tots van copsar—. Però no s'ha d'oblidar, i ho sé per experiència pròpia, que de vegades l'investigador apassionat, ansiós de trobar matèria digna d'estudi, sobrevalora o confon els casos que analitza, donant-los més importància de la que tenen en realitat. Així alimenta i justifica la seva funció, però pot també enganyar-se a si mateix, i de passada, encara que no ho pretengui, els altres.

El pare Mario es disposava a protestar, però en desistí. La seva reacció es va limitar a un resignat arronsament d'espatlles i va deixar Amadio per impossible.

Estaven tots tan ficats en allò que es parlava que no es van adonar que algunes de les llumeneres que il·luminaven l'estança s'havien anat consumint. La penombra perfilava els rostres i els donava una aparença més greu.

—Ens trobem en un punt mort —va dir Olmi—. Hem d'arribar a alguna conclusió.

—Sí, parlar està molt bé, però, què farem? —digué Umberto, que feia una estona que desitjava intervenir.

—Per la nostra banda, insistim en la proposta —va dir Amadio, incloent Giovanni en un gest—. Si volem deixar-ne al marge, a pesar que podria ser idònia, la fillola del professor Lombardi, haurem de trobar una altra persona que posseeixi les condicions adients. Si fóssim a Pàdua, en un o dos dies jo la trobaria. Però aquí no conec ningú, no sé on buscar. Senyors, ho deixo a les seves mans. Estic segur que, si es porta a terme, la prova donarà el resultat que esperem.

L'INFESTADOR DE LLOCS

La insistència i el poder de persuasió de Giacomo Amadio van donar fruit molt aviat.

Per bé que gairebé ningú no creia que la prova donaria el resultat que ell i Giovanni esperaven, no van voler renunciar a fer-la.

Bolsena, Umberto i Lombardi es van moure amb rapidesa.

A no gaire distància de Monteforte, en una aldea aïllada, hi havia un beateri de recollides. Allà vivien, en sever règim d'internat, diverses nenes i noies que per la seva situació de pobresa i d'orfandat no tenien enlloc més on anar.

Aquell era l'únic indret de la comarca on podrien trobar la persona que buscaven. També fins allà havien arribat notícies dels fets de la Casa Fosca, però les religioses que regentaven el centre, per alliberar les internes de temors, havien evitat que se n'assabentessin.

Umberto va ser l'encarregat d'anar a enganyar les monges. El pare Mario, el van deixar al marge per temor que s'hi oposés i dificultés les coses prevenint les religioses.

Les germanes estaven sempre desitjoses de trobar famílies i llars per a les noies recollides. Com que hi arribaven noves internes sovint, era convenient que d'altres deixessin lliures els seus llits. Tota petició que tingués un mínim de garanties era ben acollida.

D'aquesta circumstància es van valer.

—Uns respectables senyors de Ferrara, que tenen intenció d'instal·lar-se a Monteforte —va explicar Umberto, com si fos veritat—, busquen una noia que pugui fer feines domèstiques amb eficàcia i honestedat. Si la seva tasca és satisfactòria, es quedarà amb la família.

—Quasi totes les noies que tenim recollides posseeixen bones condicions per treballar com a minyones. Aquí aprenen l'essencial i després a les cases els van ensenyant la resta. Són molt complidores i agraïdes: Quasi mai no hi ha queixes de cap d'elles. Hi ha cap altra qualitat que fos del grat d'aquesta família? És per encertar al màxim en l'elecció.

—No, res d'especial. Una noia treballadora i capaç, res més. Escullin vostès la que pugui resultar més indicada. Però, això sí, que sigui de les grandetes —va afegir Umberto, pensant en l'ambient opressiu de la Casa Fosca.

Com que les monges sabien que Umberto era l'algutzir de Monteforte hi van confiar i no van sospitar que la petició obeïa a una causa que no se'ls deia.

Bolsena i Lombardi havien avaluat els riscos. Si la prova resultava malament i la noia sortia aterrida de la casa Carvacchi, la qual cosa consideraven més que probable, esperarien que es tranquil·litzés. Després la tornarien al beateri i ja està. L'important era que no hi hauria familiars ni tutors que poguessin reclamar per l'abús comès. Les monges serien més fàcils de convèncer. Al capdavall, no s'hauria perdut res, les coses quedarien com estaven abans.

Per omplir el temps d'espera, Amadio i Giovanni van anar a la casa de Giacobbe Lombardi. El motiu principal era visitar la seva biblioteca.

Va ser llavors quan Giovanni va veure Claudia per primera vegada.

Quan Lombardi va fer les presentacions, tots dos es van dir les amables i educades frases de cortesia que es feien servir en aquells casos.

Però les seves mirades van poder parlar-se amb més llibertat. Algunes coses els unien. Tenien en comú haver fet un llarg i cansat viatge per realitzar uns estudis. Ella, des de l'altra banda de la frontera amb França. Ell, des de Nàpols.

A Giovanni li hauria agradat parlar amb Claudia, preguntar-li pels esdeveniments de França, i per ella, sobretot per ella. Però havia d'acompanyar Amadio en la visita a la biblioteca privada de Lombardi. Això no obstant, deixà caure, mirant-la:

—Seré poc temps a Monteforte, però potser podrem parlar una estona. M'agradaria.

—A mi també m'agradaria —va respondre ella, parpellejant diverses vegades, sorpresa per aquelles paraules.

Tanmateix, havia dit la veritat. Des de la seva arribada a Monteforte només havia parlat amb Lombardi i amb Lisabetta. Tenir algú més amb qui parlar li faria bé. I més si era un noi com Giovanni.

Però no en aquell moment.

Claudia tenia una cosa més interessant a fer. Formava part d'un joc secret. I no podia desaprofitar l'ocasió que se li presentava.

Giovanni i els dos professors es van dirigir a la biblioteca.

Amb gran satisfacció, Lombardi els va mostrar antics tractats d'art, història, lògica, gramàtica i retòrica, i altres diverses obres de notable antiguitat, explicant de vegades on les havia adquirit o en quines circumstàncies havien arribat a les seves mans.

Després van admirar amb reverència la preciosa col·lecció d'incunables.

Lombardi va declarar després amb visible emoció:

—Tinc disposat al meu testament que, després de la meva mort, totes aquestes obres passin a engruixir els fons de la Universitat de Pàdua.

—És una decisió molt generosa —va dir Amadio i, com corresponia, afegí—: Però confio que trigui molt a portar-se a efecte. La universitat és vella i pacient: sap esperar. L'important és que vostè continuï gaudint d'aquestes obres molt temps.

A pesar de l'atractiu dels llibres, la conversa va derivar aviat cap a allò que els ocupava aquells dies: els fets relacionats amb la Casa Fosca.

Lisabetta no era a casa aquell matí. Havia acudit a visitar una anciana parenta que havia emmalaltit de manera sobtada.

Lombardi, Amadio i Giovanni parlaven a la biblioteca sense saber que Claudia, sense deixar-se veure, els escoltava des de feia una estona.

Ella havia adquirit de nena el gust per caminar a les fosques pels passadissos i escoltar furtivament allò de què parlaven els grans. Li causava un gran plaer entrar sense ser vista als salons on es conversava. Sempre trobava un lloc on amagar-se per escoltar a gust.

Encara conservava aquell hàbit de la infància. Això l'havia ajudat a descobrir uns dies abans que, a través d'un respirador, els sons i les veus de la biblioteca arribaven a una petita cambra cega on es guardaven estris i utensilis de neteja.

Feia una estona que era allà, amb la respiració continguda d'aquell qui veu sense que el vegin o escolta sense que la seva presència sigui advertida. Des que ells havien començat a parlar de la Casa Fosca s'esforçava a captar cada paraula.

Li n'arribaven moltes, encara que no totes amb prou claredat.

Però Claudia en tenia prou per ampliar el mapa misteriós i ple de camins que creixia al seu pensament. Ja havia sentit altres coses aquells dies en converses entre Lombardi i Lisabetta. Mitges paraules, velades al·lusions, frases que quedaven incompletes i deixaven sobreentesa la resta.

Tot allò havia atret la seva atenció, tot i que procurava que no se li notés per continuar tenint oportunitats d'escoltar. Es parlava d'una casa molt gran, de les seves moltes estances, dels seus quatre patis... Molt interessant i misteriós semblava ser aquell indret.

Allò es convertia per a Claudia en un joc emocionant, en una inesperada possibilitat d'aventura. I el fet de viure-la en secret li donava encara més emoció.

L'esperada tornada de Borromeo Albano a la comarca es va produir d'una manera fugaç i gairebé clandestina. El dominic es va reunir uns minuts tot sol amb el pare Mario.

S'havia adonat perfectament que aquell home portava vestidures de clergue perquè la vida l'havia portat a aquella condició. No era, ni de bon tros, el model de sacerdot que necessitava l'Església. Però, malgrat tot, tenia la condició de responsable eclesiàstic de la zona. No podia ser deixat de banda.

Albano es dirigia al nord. Tots dos es van trobar en una petita població, a la ruta de Màntua a Verona, en la intimitat de la sagristia parroquial.

—Cal prendre's molt seriosament l'amenaça que batega a la casa Carvacchi —va declarar Albano—. Friedrich Wolfhart és un individu d'allò més perillós. Aquest és només un dels seus noms. N'ha fet servir disset. El que es considera més secret és impronunciable perquè consta de trenta-quatre lletres, vint-i-cinc de les quals són consonants. Pertany a una llengua morta que es va deixar de parlar fa més de mil anys. Pel que sembla significa «Príncep de la màgia negra».

El pare Mario es va estremir. Encara que va procurar que Albano no ho notés, les seves últimes esperances s'esfumaven. La calma i la normalitat no tornarien fàcilment a Monteforte i als pobles dels voltants. S'apropava una batalla decisiva i ell se sentia molt poc preparat per prendre-hi part com se li exigiria. Però no ho podia reconèixer, i encara menys davant d'un personatge de la talla i la influència de Borromeo Albano.

—Hem sabut que aquest home es troba actualment a Trieste. Està malalt. Però això no el fa menys perillós ni més digne de compassió. Pel que sembla, no ha demostrat ni el més petit penediment per cap dels seus actes.

—Quines són les seves culpes més greus? —va preguntar el pare Mario—. Té aliances demoníaques?

Albano va respondre amb cautela:

—És un cas que no es pot reduir als esquemes habituals. Ell sempre s'ha mogut fora dels límits. Va començar amb l'alquímia i va continuar amb la bruixeria. Fins i tot va arribar a exercir fraudulentament la medicina. Ha recorregut tots els territoris de la nigromància. Els últims anys ha adquirit fama com a infestador de llocs. En tot cas, és un perillós enemic de l'Esperit.

—Infestador de llocs? —va repetir mossèn Mario, desconcertat—. Quina mena de bruixeria és aquesta?

—Pel que sembla, en canvi de copioses sumes de diners, és capaç de corrompre per encàrrec una habitació, un indret o una casa sencera fins al punt de fer-la avorrible per als qui hi viuen o convertir-la en un lloc que produeix malestar, angoixa, por i fins i tot horror als qui es troben allà:

—És el que ha fet a la casa Carvacchi?

—Per descomptat. Jo mateix en dono fe.

Al pare Mario li va entrar un dubte.

—Però, qui pot haver-li encarregat que ho fes, i amb quina finalitat?

—En aquest cas no crec que hagi estat un encàrrec. Ell va comprar la casa. Continua essent seva. Ha actuat pel seu compte. Però no sabem encara quin fi persegueix.

—I què podem fer per alliberar-nos d'aquesta pesta?

—La batalla es dóna en diversos fronts alhora: el diplomàtic, el jurídic i l'eclesiàstic. D'entrada, a Monteforte hi haurà esdeveniments. Vull que vostè ho sàpiga abans que ningú: la casa Carvacchi serà precintada per ordre superior.

—Això ja ho ha fet l'alcalde.

—Em refereixo a una clausura judicial, amb tota la força de la llei, no a una mera decisió municipal. Fins i tot és possible que s'hi posi vigilància perquè ningú no vulneri el tancament de l'edifici. Els mandataris judicials apareixeran d'un moment a l'altre.

—Aleshores, la prova no es podrà dur a terme.

—Quina prova? —va voler saber Albano.

—Ha vingut un petulant professor de Pàdua. De la manera més absurda, s'entesta a afirmar que a la casa Carvacchi no hi ha cap presència maligna ni succeeix res fora del normal. I en vol convèncer tothom!

—De quina manera creu que ho podrà fer?

Mossèn Mario li va contar allò de la teoria de les ànimes comunicants i l'experiment que proposava Amadio.

—Pobre home. No s'adona que els fets demostren que la seva teoria no s'aguanta —va dir Albano—. He conegut d'altres com ell. Es creuen uns abanderats del lliure pensament i la Raó, però incorren en els més lamentables errors.

—Si vostè hi parlés, el convenceria amb facilitat. A mi, gairebé no m'escolta.

—Seria una pèrdua de temps. Necessito arribar a Trieste com més aviat millor. És amb Wolfhart amb qui he de parlar. Ell és a la clau de volta d'aquesta negra història. Espero trobar-lo viu encara. Mentrestant, no ha d'entrar ningú a la casa infestada. Podria ser molt pitjor encara que les altres vegades. Moltíssim pitjor.

LA PROVA FINAL

La noia escollida per les monges es deia Ignazia.

Tenia quinze anys. Semblava una mica esquerpa; però era molt callada.

Umberto la portava a la gropa del seu cavall.

Pel camí, de tant en tant, li anava explicant la faula que havien ordit. Convenia que ella anés fent-se a la idea del que l'esperava.

—Treballaràs per a uns senyors que vénen a viure a Monteforte. Ja abans que arribin podràs anar fent alguna cosa: conèixer la casa per anar-t'hi acostumant, netejar algunes habitacions, llençar estris inservibles i coses semblants. Però no et preocupis, ells tenen altres criats, tu només hauràs de fer la teva part.

La noia guardava silenci. Estava trista per haver hagut de deixar el beateri. Malgrat l'escassetat i les necessitats, hi havia allà un ambient càlid, i tenia bones amigues entre les internes. Li sabia molt greu haver hagut de separar-se d'elles.

—És una casa antiga, molt gran. Fa molt que no hi viu ningú, i es nota —va continuar Umberto—. Ara està molt sola i trista, però tan bon punt s'agenci i hi portin mobles, cortinatges, catifes i tapissos canviarà del tot. Ja ho veuràs, has tingut molta sort.

Ignazia no ho creia. Al contrari, se sentia desgraciada. No volia saber res d'aquella casa de què Umberto li parlava. Si havia estat la causa d'haver hagut de deixar el beateri, per a ella era el pitjor lloc del món.

Tal com Borromeo Albano havia anunciat al pare Mario, un manament judicial procedent de la mateixa Venècia va arribar al migdia a Monteforte per mitjà d'un emissari.

S'hi notificava que, a causa de les pertorbacions i les anomalies que havien tingut lloc, l'accés a l'interior de la casa Carvacchi quedava prohibit per a totes les persones, sense cap mena d'excepció, i s'anunciava la imminent arribada d'uns oficials de la judicatura que procedirien a precintar-la amb caràcter oficial.

Així que ho va saber, Giacomo Amadio va mostrar la seva indignació:

—És l'única cosa que se'ls acudeix: tancar, precintar, clausurar! I què es guanyarà amb això? El que s'ha de fer és obrir aquella casa de bat a bat perquè hi entri aire fresc i torni a la normalitat!

Amadio havia entès que la disposició judicial posava en perill la realització de l'experiment que ell propugnava. I això era el que més el treia de polleguera.

Lombardi va apuntar una esperança:

—Si ha tingut èxit en la missió que li vam encarregar, Umberto pot estar a punt d'arribar amb una de les internes del beateri.

—Aleshores aquesta pot ser la nostra última oportunitat —va dir Amadio, tot i que no hi confiava gaire.

Per si calia, s'havia preparat una petita cambra de criada a La Corneta d'Or per a la noia que vingués amb Umberto.

Ignazia va deixar allà les seves escasses pertinences. Després li van donar alguna cosa per menjar.

Umberto li va dir que podia descansar una mica. Després havia d'anar a la casa Carvacchi. L'hi havia mostrat en arribar. La seva primera tasca consistiria a anar traient i amuntegant als patis tot allò que ella veiés que era inservible. La porta de la Casa Fosca s'havia deixat oberta perquè no tingués cap dificultat en entrar-hi.

Tenia quasi tota la tarda al davant. Es complirien al peu de la lletra les condicions que havia definit Amadio: ningú no acompanyaria Ignazia a la casa Carvacchi. Hi aniria pel seu compte. Ja havia rebut les instruccions necessàries. Cap dels qui coneixien el secret de l'experiment no pensaria en ella amb preocupació ni sabria en quin moment havia entrat a la casa ni li podria transmetre cap sensació d'inquietud o de por.

No hi hauria contagi anímic. El fenomen de les ànimes comunicants no podria arribar a produir-se.

Si Ignazia passava allà unes hores trastejant i no notava res d'especialment estrany ni aterridor, la teoria de Giovanni Conti, amb el suport d'Amadio, s'alçaria vencedora. Si, al contrari, fugia corrent angoixada i espaordida al cap de poca estona d'haver entrat, els qui sostenien que allà hi havia una infestació nefasta disposarien d'una prova concloent a favor seu.

La recollida va estar una estona ronsejant a la minúscula cambra que li havien assignat. No li venia gens de gust anar a aquell lleig i desagradable edifici, i encara menys sola. I no acabava d'entendre per què havia de posar-se a treballar abans que arribés la família. Però no s'atreví a desobeir. No volia que arribés a oïda de les religioses del beateri cap queixa que les pogués disgustar.

Hi va anar caminant a poc a poc, no tenia gens de pressa per arribar-hi. No es va encreuar amb ningú. Monteforte s'anava convertint dia a dia en un poble solitari. Ja eren molts els qui havien pres la decisió d'anar-se'n.

No es va fixar gaire en l'aspecte desolador de l'edifici. Anava força abstreta. Pensava en les seves amigues del beateri.

Va entrar a la Casa Fosca com si entrés en un enorme magatzem buit per fer-hi una neteja.

Des de la tarda en què el dominic Borromeo Albano havia estat allà, ningú no havia tornat a creuar el llindar.

Feia molts dies que el poder esborronador i sinistre de l'edifici no actuava sobre una persona viva.

De tot això, Ignazia no en sabia res.

I per aquest motiu era allà.

Durant aquella tarda, per no influir gens, els coneixedors del que ocorreria van procurar tenir ocupat el pensament en qüestions alienes a la prova. Amadio es va embrancar en la lectura d'un tractat d'historiografia que havia agafat de la biblioteca de Lombardi. Giovanni va escriure diverses pàgines amb records o impressions de la seva estada a Pàdua. El doctor Olmi va estar revisant les seves carpetes de valoracions diagnòstiques. Lombardi va anar al magatzem de l'alcalde i el va estar ajudant en la classificació d'una partida de pells que havia rebut aquell matí. Umberto va afaitar diversos clients i en va alliberar un altre d'un queixal que li causava un dolor insuportable.

Però, per sota d'allò que els tenia ocupats, estaven tensos. I Amadio i Giovanni, els qui més. La imminència del precintament de la Casa Fosca els havia obligat a fer-ho tot de manera precipitada. I això tenia els seus riscos.

El qui menys va aguantar fou Umberto. Al capdavall, ell era el qui havia portat Ignazia. Se sentia responsable del que li pogués haver succeït. A mitja tarda, sense dir-ho a ningú, es va acostar cautelosament a la casa Carvacchi.

No va haver d'estar gaire temps observant des de fora. Al cap de poca estona, a través dels finestrals de l'ala est, va veure una figura que anava d'una habitació a l'altra.

«És ella! —es va dir—. I ja deu fer una bona estona que és allà dins. Doncs sembla molt tranquil·la. És sorprenent. Potser resultarà que els de Pàdua tenien raó. Qui ho havia de dir!»

Umberto hi va tornar més tard, quan la llum del dia ja començava a declinar.

Va trigar una mica més, però tornà a veure-la. Era a l'ala oest. Anava amunt i avall amb rapidesa.

«Que n'és, de treballadora: aprofita la poca llum que encara li queda! I no demostra gens d'inquietud! És sorprenent!»

Va pensar a romandre allà fins que Ignazia sortís de l'edifici, però s'estimà més anar a donar la notícia als altres. Ja no calia que continuessin esperant a distància.

Lombardi i Bolsena encara eren al magatzem de pells adobades. Però ja feia molta estona que havien deixat de classificar. Tots dos estaven expectants, esperant novetats.

—El miracle ha ocorregut! —va anunciar Umberto, entrant com una exhalació.

A pesar que la notícia era bona, tots dos es van sobresaltar.

—Ignazia ha resistit. Els de Pàdua tenien raó!

Així que Umberto els en va posar al corrent, Bolsena va dir:

—Anem a informar Olmi i Amadio. Després anirem a dir a aquella noia que surti. La prova s'ha acabat.

—I amb el resultat que menys es podia esperar —va reconèixer Lombardi, per bé que encara no s'ho acabava de creure.

Quan ja n'estaven tots assabentats i es dirigien a la casa Carvacchi, Alfredo els va sortir al pas.

—Aquella noia és a l'alberg. Li hem tornat a donar menjar.

—Mentre parlàvem, ella s'ha quedat sense llum i ha tornat a La Corneta d'Or —va deduir el doctor Olmi.

—Encara millor! Així el pla s'ha complert a la perfecció. És veritat, ja gairebé no s'hi devia veure gens —va dir Amadio, mirant al cel.

La van trobar a la cuina de La Corneta d'Or. Ignazia es menjava la segona de les pomes que li havien donat per postres. Va quedar atònita en veure l'entrada de tots aquells homes.

Giovanni va ser el que més li va cridar l'atenció. La mirava d'una manera diferent de com ho feien els altres. Va pensar que era en el que més podria confiar. Els altres li resultaven molt estranys:

Umberto, per ser l'únic que ella coneixia, fou el primer que li va parlar:

—La teva vinguda a Monteforte ha estat molt profitosa —li va comunicar, deixant les explicacions per a més endavant.

Ignazia semblava una mica somnolenta, però a la seva expressió no hi havia ni el més petit senyal d'haver passat angoixa o por. Més aviat feia cara d'avorriment i de no entendre per què tots aquells homes que no coneixia s'interessaven per ella.

No calia preguntar-li res. El seu rostre ho deia gairebé tot.

Això no obstant, per deixar les coses ben clares, Amadio li va anunciar:

—Després t'ho aclarirem tot. Però abans volem que sàpigues que estem molt contents de veure't així. La teva tranquil·litat significa molt per a nosaltres.

Ignazia va obrir els ulls de manera desmesurada. No comprenia el sentit d'aquelles paraules.

Per continuar amb les comprovacions, l'alcalde li va preguntar:

—Després d'haver estat en aquella casa tan gran, com et sents?

Ignazia va respondre amb eixutesa:

—Està tot molt brut. Allà no hi pot viure ningú. Hi ha moltes coses per fer. Caldrà molta gent per preparar-ho tot bé.

Amadio ja no pogué esperar més. Va dissimular l'eufòria que sentia per no caure en la supèrbia, però va dir:

—Senyors, és evident: la prova ha demostrat el que havíem predit. Com altres vegades ha succeït en la història del pensament i de la ciència, el resultat d'un senzill experiment degudament plantejat ens porta a una conclusió fonamental. Només cal veure l'aire de placidesa, naturalitat i abúlia d'aquesta noia per comprendre que a la casa Carvacchi, a part de la tristesa i la brutícia acumulades al llarg dels anys, no hi ha res de naturalesa esborronadora o demoníaca. Ella ha estat allà unes hores i n'ha sortit tan tranquil·la. I cada vegada que ho repetíssim, amb unes altres persones, sota les mateixes condicions, el resultat seria el mateix. Tot i que per a mi ja no és necessari fer cap més prova. Amb aquesta en tinc prou. Conti, la seva teoria de les ànimes comunicants ens va indicar el camí que havíem de seguir.

Ignazia estava cada vegada més desconcertada. No entenia el que deia Amadio. I no solament perquè les seves paraules eren molt difícils per a ella, sinó sobretot perquè aquell home parlava d'una cosa que no havia ocorregut.

L'HORA DE LA COMMOCIÓ

Quan Lisabetta va trobar aquell embull entre els llençols, li va fer un salt el cor i una immediata sensació d'alarma la va envair.

—Petita meva, on ets? —va dir a mitja veu, molt estranyada.

L'evidència del desastre no s'havia imposat encara. Que Claudia hagués simulat que estava ajaguda al llit col·locant una massa de tovalloles i llençols que ocupava el seu lloc podia obeir a diverses causes.

Lisabetta, esgarrifada, va pensar que, fatalment, d'entre totes, resultaria vertadera la pitjor.

L'espant que s'aproximava havia tingut, tanmateix, un preàmbul d'allò més plàcid i normal.

Al migdia, immediatament després de l'arribada del manament judicial de Venècia, Giacobbe Lombardi havia dit a Claudia:

—Aquesta tarda em reuniré amb uns professors a La Corneta d'Or. No et podré donar la classe de Coneixement de l'Art. Però no per això perdràs el temps. En aquesta carpeta hi ha una col·lecció de gravats antics d'arquitectura. Classifica'ls segons l'ordre al qual pertanyin les seves columnes: dòric, jònic, corinti, toscà o romà. Però fixa-t'hi bé abans de decidir en cada cas. De vegades les diferències són subtils i poden enganyar.

A Claudia no li comportaria gaire dificultat fer aquell exercici. Era una pràctica del que havien estudiat els dies anteriors.

Després va dinar amb Lisabetta, com acostumaven a fer-ho, a la veranda que donava al petit jardí de la casa.

En acabar, Claudia havia dit a l'anciana:

—Em fa mal la panxa. És la indisposició mensual. Quina punyeta!

—Per què no et fiques al llit una estona? —va proposar Lisabetta—. De jove jo ho feia. No se me n'anaven totes les molèsties, però era un alleujament. Prova-ho.

Claudia havia acceptat el suggeriment de seguida.

Estava en guàrdia, pendent de tot allò que veia i sentia. Que Lombardi hagués suspès la classe d'Art li havia semblat força estrany. Se'l veia massa nerviós per tractar-se només d'una reunió de professors. Alguna cosa més succeïa.

Quan des de la finestra de la seva cambra va veure passar Umberto amb Ignazia asseguda a la gropa del cavall, li va fer l'efecte que aquella noia tenia alguna cosa a veure amb els secrets de Monteforte.

Llavors va decidir que no es ficaria al llit. Si estava molt atenta, potser aquella mateixa tarda podria esbrinar què era el que li ocultaven.

Sentir-se davant d'aquella possibilitat li semblava molt emocionant.

Quan Lisabetta va arribar a La Corneta d'Or recordava un personatge sortit d'un quadre titulat *La desesperació*. Va entrar a la cuina, interrompent la conversa que Amadio i els altres tenien amb Ignazia. Molt alterada, es va dirigir a Lombardi:

—Senyor Giacobbe, Claudia no és a casa ni enlloc! Per fer-me creure que estava ajaçada, ha fet una massa al seu llit amb mantes i llençols, però se n'ha anat i no sé on buscar-la!

Tots van quedar commocionats. Amb Lisabetta havia penetrat un vent negre. Només Ignazia va romandre quieta, amb la poma encara per acabar, mirant-los a tots sense comprendre el perquè d'aquella alarma.

Lombardi, amb el pensament paralitzat per una sobtada sensació de desastre, només va ser capaç de preguntar, de manera maquinal, com si volgués aferrar-se a una remota esperança:

—Però, ha mirat bé pertot arreu?

Lisabetta ni tan sols va contestar. No calia.

Amadio va preguntar llavors a Ignazia:

—Ha entrat una altra noia a la casa mentre eres allà?

—No he vist ningú.

El doctor Olmi havia concebut una sospita. Per això la seva pregunta va anar més lluny:

—Digue'ns la veritat, quant de temps has estat allà?

Umberto va estar a punt de contestar-li, perquè creia que coneixia la resposta, però es va contenir i deixà que ho fes Ignazia. Com si es defensés d'una acusació, ella va dir:

—Només un moment, i he vingut cap aquí. M'he ficat

a la cambra i he dormit una estona. Estava baldada del viatge. Aquella casa està feta un desastre. Jo sola no puc fer-hi res. Les monges no ens preparen per a una cosa així.

A cada nova paraula de la noia la sensació de catàstrofe augmentava. Salvatore Bolsena es va girar cap a Umberto i, en clar to de retret, li etzibà:

—Però, no has dit que l'havies vist allà dues vegades?

Abans que Umberto parlés, Lombardi li va llançar, com una pedrada carregada de retrets i mals presagis, una altra pregunta que ampliava l'anterior:

—Qui has vist allà? Ella acaba de dir que no ha estat a la casa més que uns moments! No l'has sentit? Qui has vist aleshores?

Umberto no va tenir ocasió de dir res.

I no solament perquè no li sortien les paraules.

Quan volgué reaccionar, ja cap dels altres no era allà.

S'havia quedat sol amb Ignazia.

Ella va veure una ocasió propícia per preguntar-li allò que més li importava:

—Quan em portaràs de tornada amb les monges?

LA RESPOSTA DELS POUS

El panorama havia canviat de sobte. Els pitjors presagis guanyaven terreny a cada pas.

Es van dirigir corrents a la Casa Fosca. Temien arribar massa tard a una cita amb el Destí.

En saber el que ocorria, Mateo el ferrer se'ls va afegir pel camí.

D'altres van fer el mateix, però alguns ho defugiren. Per res del món no es volien acostar a la mansió Carvacchi. Era una cosa superior a les seves forces.

Ja gairebé no hi havia llum quan van arribar al pujol sobre el qual s'aixecava el solitari edifici.

Pensar que Claudia podia ser allà dins, en aquella foscor, en alguna de les estances o a qualsevol dels lúgubres patis, produïa un neguit insuportable.

Hi hagué veus i crits des de fora. Tot va ser debades.

—Hi hem d'entrar! —va instar Lombardi amb el rostre desencaixat—. Que portin llums de seguida!

Va ser el primer a travessar aquell llindar que, més que mai, conduïa a la foscor.

Amadio i Giovanni no dubtaren a seguir-lo. Mateo també va anar amb ells.

Després, amb molta aprensió, ho van fer tots els altres, excepte dos homes que havien anat a buscar llums.

Lisabetta no es va sentir capaç de fer-ho. Tenia una por insuperable. Es va quedar a fora sanglotant.

Els crits que invocaven el nom de Claudia a les tenebres es confonien amb els ecos que tornaven de tot arreu.

Però entre ells no hi havia ni una sola veu que respongués de veritat.

La sensació de desgràcia i de calamitat creixia cada vegada més.

També Amadio i Giovanni començaven a pensar que alguna cosa greu podia haver succeït.

Es movien tots molt a prop els uns dels altres en l'asfixiant foscor. Ningú no volia perdre el contacte amb els altres. La idea de quedar aïllat o de perdre's en aquell tètric indret resultava insuportable. Fins i tot Amadio estava acovardit i no podia evitar una gran sensació d'ansietat.

Lisabetta havia reaccionat. En comptes d'estar a fora esperant, va fer l'única cosa que era al seu abast. Tot i que no confiava que donés resultat, va recórrer Monteforte casa per casa, exceptuant les moltes que havien anat quedant desocupades. Preguntava si sabien res de Claudia. Va ser la reguera que acabà de propagar la veu d'alarma.

Ningú no va fer cap llum inesperada sobre el cas. Però diferents persones havien vist passar Ignazia pel costat de les seves cases, a primera hora de la tarda. I, molt poc després, com si l'anés seguint a una certa distància, havia passat una altra noia. Les descripcions coincidien amb Claudia. I totes dues anaven en direcció cap a la casa Carvacchi.

Les torxes, les teies i els canelobres no trigaren a arribar. Van crear ombres gegants que lliscaven pels murs i pels patis. Cadascun dels buscadors projectava la seva pertot arreu.

Aquella profusió de llums i ombres era la viva imatge de la gran confusió que regnava. De tant en tant, continuaven fent crits, repetien el nom de Claudia. Però ho feien sense esperança. Ningú no confiava ja que la noia respongués.

Lombardi no feia més que llançar lamentacions i preguntes en l'aire:

—Com m'havia de pensar, amb les precaucions que s'havien pres, que podia succeir una catàstrofe com aquesta! Però, com se li va poder acudir a Claudia d'entrar aquí? Si no sabia res d'aquesta maleïda casa! Què va ser el que la va atreure?

Els escorcolls van ser tan exhaustius i minuciosos com les difícils circumstàncies permetien. Però no van donar resultat. I eren marcades pel pitjor dels presagis.

Encara que ningú no ho deia en veu alta, tots pensaven en el quincallaire que havia mort al fons d'un dels seus pous.

Però ni acostant totes les torxes i tots els canelobres als brocals s'arribava a il·luminar prou per veure si allà baix hi havia un cos flotant. Només a la llum del nou dia podrien conèixer la resposta dels pous.

Giacobbe Lombardi tremolava. S'havia convertit en una persona que inspirava llàstima. Era la imatge de la desolació.

Les paraules esperançadores que li dirigien no feien cap efecte. Les sentia sense escoltar-les, no entraven a la seva consciència. Estava convençut fins a l'obsessió que a Claudia li havia succeït alguna cosa irreparable.

Es maleïa per haver permès que vingués a Monteforte quan Wolfhart ja hi havia sembrat la por i la desgràcia.

Amadio, per la seva banda, intentava resistir-se a donar per fet que hagués ocorregut alguna cosa tràgica. Sabia que, si era així, ell en seria un dels responsables. Per això estava entestat a trobar alguna explicació lògica que permetés allunyar els pitjors presagis.

Parlar amb Lombardi era impossible en aquells moments. Amadio es va dirigir al doctor Olmi i a Bolsena en un dels patis. A la llum de les torxes els va dir:

—Em nego a admetre que aquella noia pugui estar al fons d'un dels pous. Això va ocórrer una vegada, sota circumstàncies que potser algun dia es coneixeran. Però no és raonable pensar que s'hagi repetit.

—Creu almenys que ella ha entrat en aquest edifici? —va preguntar Olmi.

—Sembla que sí. Però això no em porta a donar Claudia per morta. Molts castells i mansions com aquesta disposaven de passos secrets per fugir en cas d'assalt o de setge. Tenim cap plànol o document que ens pugui ajudar a localitzar-los, si n'hi ha, la qual cosa és més que possible?

—No tenim res, ni mai no se'n va sentir parlar. Si existeixen, era un secret dels Carvacchi. I ja no en queda cap en aquest món —va dir Bolsena.

—Sospita que la fillola del professor Lombardi ha quedat atrapada en un d'aquests passadissos? —va suggerir Francesco Olmi.

—Els accessos acostumaven a tenir sistemes especials de tancament per evitar que els assaltants poguessin entrar. Per això, una vegada que s'estava a dins, no era gens fàcil tornar a sortir si no es coneixia el secret.

—Però, si ella no podia tornar endarrere, hauria buscat la sortida al final del túnel —va dir Bolsena.

Amadio va descartar aquella possibilitat.

—Arribar avui dia a la sortida serà impossible. Segur que els ensorraments van deixar el pas barrat ja fa molt temps. Ni la mateixa sortida deu existir, la deu haver tornat a omplir la terra.

—Aleshores, si Claudia és aquí dins, en algun lloc, per què no ha respost als nostres crits? —va objectar l'alcalde.

—És possible que ni els hagi sentit. Els murs de pedra obstaculitzen la propagació dels sons —va dir Amadio, com si allò ho expliqués tot.

—Aleshores, encara que no doni senyals de vida, creu vostè que ella està fora de perill? —va preguntar Olmi, qui desitjava pensar de la mateixa manera.

—Això crec. Morta de por, tremolant, aterrida, desmaiada, tot el que vostès vulguin, però viva i fora de perill.

—Hi ha alguna cosa que no quadra —va dir Bolsena, com pensant en veu alta—. Com ha trobat aquella entrada? Si existeix, se suposa que deu estar molt ben oculta i camuflada.

—Això mateix em preguntava fa un moment —va reconèixer Amadio—. I llavors m'he recordat dels misteriosos cops que es van sentir quan Wolfhart i el seu criat eren aquí.

—Encara no s'hi ha trobat explicació —va confessar Bolsena.

—Potser anaven copejant els murs en cerca d'espais amagats. Potser en van trobar algun i van descobrir com entrar-hi. Fins i tot pot ser que obrissin un accés nou. Qui sap si el van camuflar amb alguna post que després va caure. I no oblidem que, segons podem deduir, Claudia ha estat molt de temps aquí. Devia veure un buit misteriós i s'hi va esmunyir pensant-se que trobaria qui sap què. Una persona jove que encara no té assumida la noció del perill pren de vegades decisions que a nosaltres ens semblarien insensates.

—El que vostè planteja no és del tot impossible —va concedir Bolsena—, però jo continuo pensant en els pous amb angoixa.

Amadio no hi va insistir. Per bé que no ho volia demostrar, ell també tenia dubtes. Es limità a dir:

—El nou dia ens donarà la solució. Ara ja no hi podem fer més.

Quasi tots pensaven el mateix: calia esperar fins a l'alba. Desitjaven sortir d'allà abans que l'atmosfera ominosa de la casa els oprimís i els angoixés encara més. Alguns ja havien sortit abans dominats per una sensació de malestar que no podien resistir.

Però va costar molt convèncer Lombardi.

Fou necessari jurar-li que a l'alba hi tornarien amb més gent i que ja no descansarien fins a trobar Claudia. Només així van aconseguir que sortís.

Però, tot i que ningú no li ho va dir, eren ja molt pocs els qui confiaven a tornar a veure-la viva.

AMB LA ROSADA I L'AURORA

Abans de l'alba hi havia ja gairebé vint persones conjurades per intentar un assalt definitiu als pous i als espais ocults de la Casa Fosca.

Esperaven que la llum els ajudés a afrontar la por que a quasi tots els continuava inspirant l'edifici.

Giacobbe Lombardi, arrossegat per les paraules d'Amadio i Olmi i per l'ànim de la gent, havia recuperat un bri d'esperança.

Però els fets van determinar que l'entrada massiva a la casa Carvacchi no arribés a produir-se.

Claudia va aparèixer de manera inesperada.

Uns llauradors l'havien trobat amb la rosada i l'aurora, desmaiada, en un dels camps.

Com si es tractés d'una salvació miraculosa, la van conduir a Monteforte amb una carreta tirada per dos grans bous, amb una efígie de la Verge lligada al timó del coble.

Allò va causar una onada d'alegria que deixà per a més tard totes les preguntes pendents.

Claudia va ser portada de seguida a la seva habitació a la casa de Lombardi.

Lisabetta va plorar llàgrimes d'acció de gràcies sobre la seva cara adormida.

Desmaiada encara, el doctor Olmi li va fer un primer reconeixement. Tota ella acusava el càstig de llargues hores passades a la intempèrie. La seva temperatura corporal era molt baixa i el seu pols bategava tènuement, si bé amb regularitat. Els seus peus, descalços, estaven molt encetats. Però no presentava ferides ni macadures d'importància a cap altra part del cos. De l'examen no va resultar que tingués res de consideració.

—Ara hem d'esperar que es desperti —va dir Olmi, deixant-la en una posició còmoda sobre el llit—. No crec que passi gaire temps. I ens podrà aclarir tot el que va succeir fins que va perdre el coneixement.

—Explicarà coses que ens deixaran sense respiració —va murmurar Lisabetta, qui, a pesar de l'alegria per haver recuperat viva Claudia, no aconseguia dominar un tremolor que li sortia de molt endins.

Claudia va trigar molt més del previst a tornar en si. No ho va fer fins a mitja tarda, i va anar tornant a la consciència molt a poc a poc.

Lisabetta, en notar els primers senyals, va sortir de l'habitació i anà a avisar el professor Lombardi.

El propietari de la casa estava reunit amb Olmi, Amadio i Giovanni.

Tots quatre van anar de seguida a la cambra de la noia.

Claudia tenia una expressió perplexa i sorpresa. Els mirava sense fer mostra de reconèixer ningú, com si els contemplés des de molt lluny, des d'un lloc estrany, inassolible, sense comprendre el que passava.

Però a la seva cara no hi havia rastres de por, ni s'hi notava la influència de fets anguniosos, ni de res desagradable que pogués haver-li deixat mal record.

Ben al contrari, Claudia desprenia la sensació de viure una felicitat secreta que no podia compartir amb ningú.

Giovanni va ser el primer a adonar-se que en ella, en la seva mirada, hi havia alguna cosa que la feia diferent de com havia estat abans.

Aquesta impressió va cobrar tanta força que arribà a pensar, amb un lleuger estremiment, que a través d'aquells ulls el mirava algú, una persona desconeguda que ja no era Claudia.

El silenci dels altres i la manera com l'observaven li van confirmar que tots notaven una cosa molt rara i difícil d'explicar en la noia.

Ella conservava els seus mateixos trets, però era una altra vida la que hi havia a la seva cara.

Una vida que semblava tenir lloc en un indret molt llunyà, en un indret on ja res no podria fer-li mal.

Als ulls de Giovanni, aquella transformació afegia a Claudia un encís nou, misteriós, indefinible. Però resultava també molt inquietant.

La convertia en una estranya, en un ésser remot i silenciós, en algú que ja no se sabia qui era.

Passades unes hores sense que Claudia reaccionés, canviés d'actitud o respongués a les preguntes que li feien, la gravetat de la situació va quedar palesa.

Ella encara no havia pronunciat ni una sola paraula malgrat les moltes insistències perquè digués alguna cosa.

L'alarmant conclusió semblava imposar-se per si mateixa: alguna cosa escruixidora li havia ocorregut a la Casa Fosca quan estava allà sola. Alguna cosa d'índole tan demolidora que l'havia trastornat del tot.

El seu ésser, el seu esperit, havia entrat en una forma dolça de demència.

I semblava que ho hagués fet per protegir-se d'un mal encara pitjor.

El doctor Francesco Olmi intentà explicar la situació:

—Els diagnòstics que acostumo a fer són d'un altre tipus, per descomptat, però crec que Claudia s'ha refugiat en una mena de limbe per protegir-se. Ha renunciat a la raó per fugir del record d'alguna cosa insuportable. O, per dirho d'una altra manera, el seu enteniment s'ha negat o no ha estat capaç d'assimilar el que va passar allà dins.

—Però, ens sent, entén el que diem, encara que no ens respongui? —va preguntar el destrossat Lombardi, veient que Claudia mirava de vegades fixament el qui parlava.

—Crec que sent les nostres paraules, però són sons que no li diuen res. Ella es protegeix, es guarda, nega el succeït. És en un limbe.

—I estarà gaire temps així? —va preguntar ple de compassió Giovanni Conti.

—No és possible saber-ho. Però no esperarem que surti d'això per si mateixa, intentarem ajudar-la.

—De quina manera? —va preguntar Amadio.

—Conec un magnetitzador que potser sabrà com ferho. Ha col·laborat amb mi diverses vegades en casos de malalts que patien extraviament mental per diverses causes.

—Aleshores, hi ha esperança? —va preguntar Lombardi amb les mans esteses cap a Olmi.

—Confio que ajudarem Claudia a tornar del lloc on es troba. Però la gran incògnita és una altra.

—Quina? —va preguntar Amadio.

—Si serà capaç de suportar el record del que va passar quan el recuperi plenament.

Amadio i Giovanni es van dirigir a La Corneta d'Or caminant molt a poc a poc.

El professor començà a parlar amb molta amargura i pena:

—No faig més que lamentar haver vingut aquí i haver-lo arrossegat a vostè, Conti. Millor estaria camí de Nàpols que perdent el temps en aquest lloc. No puc treure'm ni un moment la cara de Claudia del pensament. I el pitjor és que em sento responsable de l'estat en què es troba.

—No s'ha d'acusar vostè del que ha ocorregut. Els fets s'han anat encadenant d'una manera que ningú no podia preveure. I va ser la meva idea de les ànimes comunicants el que va portar tota la resta.

—No, Conti. Va ser la meva insistència que es dugués a terme una nova prova allò que va obrir el camí cap al desastre. Si ella no torna a ser la d'abans, tindré un pes a la consciència del qual no em podré alliberar mai.

—El doctor Olmi ha dit que hi ha esperances.

—M'agradaria fer-les meves, però no puc —va admetre Amadio, aturant-se, com si la breu distància que havien recorregut li hagués originat un gran cansament—. Vaig pressionar tant perquè estava convençut que escombraríem les ombres. Creia obrar a favor de la sensatesa i el seny, de la intel·ligència, de les idees modernes, però no feia més que enganyar-me. Aquests dies he negat diverses vegades que a la casa Carvacchi pogués haver-hi cap forma de terror vinculada a causes invisibles o sobrenaturals. Ja no ho tornaré a dir més. Em negava a acceptar-ho, però ara temo que hi ha allà alguna cosa espantosa davant la qual no té força ni respostes la raó. Nosaltres mateixos ho vam notar anit quan buscàvem Claudia. I el seu estat ho demostra. Ella està pagant el preu de la meva obstinació.

A Giovanni li dolia veure Amadio tan enfonsat, però no trobava paraules per rebatre les dures acusacions que el professor llançava contra si mateix.

Al darrer blau de la tarda hi havia una mitja lluna lluminosa i nítida. Era tan perfecta com si una destral l'hagués partit en dues meitats iguals. La meitat visible semblava recollir tota la llum que enviava el sol.

—Aquí ho té, Conti —va dir Amadio, entristit, mostrant-l'hi—. La cara visible i la cara oculta de la lluna, com n'hi ha en moltes coses. Totes dues es troben davant dels nostres ulls. No en veiem més que una, però totes dues són allà. De vegades, la més interessant és la invisible. I oblidar que existeix pot ser un greu error, com aquesta vegada ha succeït.

EL LIMBE DE CLAUDIA

La ment de Claudia s'havia convertit en un bosc inaccessible, en un jardí prohibit.

No es tornà a sentir la seva veu. El seu pensament, si era viu, vagava per paratges desconeguts.

Dos emissaris van marxar de Monteforte l'endemà, amb rumbs molt diferents.

L'un es dirigia a França, una mica més enllà de la frontera piemontesa, per avisar els pares de Claudia de l'estat en què la seva filla es trobava.

Olmi i Amadio havien tractat de convèncer Lombardi que esperés uns dies abans de donar l'alerta a la família, per veure si la noia evolucionava de manera favorable. Però no van aconseguir el seu propòsit.

—Els seus pares me la van confiar perquè li donés una bona formació en cultura clàssica i arts. I què és el que en realitat ha succeït? Que ha caigut en una estranya demència i s'ha transformat en una mena de somnàmbula que no coneix, no atén ni parla —va resumir Lombardi en un to contingut que no aconseguia amagar la desesperació que el consumia—. Com podria jo tenir els seus pares en la ignorància d'una cosa tan terrible que afecta la seva única filla? No faria més que augmentar la meva greu responsabilitat davant seu.

El segon emissari va ser enviat en cerca del magnetitzador que el doctor Olmi coneixia. Vivia en un habitatge campestre, no gaire lluny de Vicenza.

La concisa carta que Olmi va lliurar al missatger deia:

Estimat Giordano,

Apreciaria com un gran favor que interrompés vostè les seves activitats durant uns dies i acompanyés el portador d'aquesta carta en el seu viatge de tornada a Monteforte. Necessito que m'ajudi en el cas d'una noia molt jove que després d'haver passat per una terrible experiència es troba en un estat d'atonia indefinida. Crec que el cas li interessarà i podrà vostè contribuir a millorar la seva situació.

El saluda cordialment,
Dr. F. Olmi

Com a precaució fonamental es va decidir que Claudia estaria sempre acompanyada. Fins i tot quan dormís hi hauria algú vetllant el seu son.

Ella podia tenir un indici de lucidesa, o pronunciar adormida alguna paraula que ajudés a comprendre el seu estat interior, o fer un gest que revelés alguna cosa.

Hi havia d'haver sempre algú atent perquè cap senyal no passés inadvertit.

Lisabetta estaria amb Claudia dia i nit. Però no es podia deixar tot el pes de la custòdia a l'anciana. El que havia ocorregut l'havia castigat molt i sovint queia rendida de cansament. Lombardi estava compromès en tot allò fins al moll de l'os, però només amb la seva aportació tampoc no n'hi havia prou.

Calien unes altres persones. Amadio i Olmi n'estarien molt pendents, però encara no era prou.

Giovanni Conti s'hi va oferir de cor.

No li preocupava posar en perill la seva feina de tramoista al teatre Sant Carles, a Nàpols. Claudia acaparava tot el seu interès en aquelles hores.

Olmi va considerar que la companyia d'una persona jove podia ser-li beneficiosa a Claudia. I li va donar algunes instruccions perquè la seva col·laboració fos tan efectiva com es pogués:

—Estigui vostè molt atent al més petit gest que ella faci, a la més petita reacció que ens indiqui que ha recobrat part de la seva lucidesa o que ens vol dir alguna cosa. Qualsevol detall, encara que sembli insignificant, pot tenir importància.

Giovanni es va lliurar en cos i ànima a la tasca d'estar a prop de Claudia.

S'ho va prendre tan a consciència com si ell fos l'únic del món que la pogués tornar a l'alegria.

Però era una situació difícil de suportar. No sabia, quan ella el mirava fixament, si el veia a ell o a la seva ment hi havia altres imatges.

Sense que Claudia ho notés, l'observava quasi contínuament.

La seva aparent tranquil·litat li semblava un miratge, un mar en calma que ocultava un sisme submarí a les seves aigües més profundes.

Quan l'observava, el commovia, li inspirava llàstima, l'atreia, el fascinava d'una manera molt estranya i pensava que mai no es podria cansar de mirar-la.

De vegades li parlava, però s'adonava que ella no assimilava les seves paraules. Eren intents de diàleg que morien de seguida en l'aire.

Quan mossèn Mario, qui havia estat absent de Monteforte els dies anteriors, va saber el succeït i va veure Claudia, comentà:

—La misericòrdia divina s'ha apiadat d'ella i ha velat la seva raó perquè no pateixi mentre espera el qui la pot salvar d'aquesta mort de l'ànima.

—A qui es refereix? —li va preguntar Bolsena.

—Només hi ha una persona que pugui fer alguna cosa per ella.

—Qui és? —l'alcalde no va endevinar a qui es referia mossèn Mario.

—El pare Borromeo Albano. Està molt a prop d'arribar al cor d'aquest misteri. Si ell no ho aconsegueix, no crec que ho pugui fer ningú.

FRIEDRICH WOLFHART A TRIESTE

Mossèn Mario havia exagerat en dir que Borromeo Albano era l'única persona que podia fer alguna cosa per Claudia. Però no li faltava raó en afirmar que el dominic estava molt a prop d'arribar al cor del misteri.

Es trobava ja a Trieste. Li havien confirmat que Friedrich Wolfhart era a la ciutat. Però no seria tan fàcil trobar-lo. Com a individu acostumat a transgredir tota classe de límits, tenia instint de fugitiu. No havia trigat a adonar-se que el vigilaven.

Això el va fer decidir-se a canviar sobtadament de residència. Va ordenar a Christophe que desaparegués de la ciutat durant uns dies. Era la referència que podria portar els seus perseguidors fins on ell es trobava. Però Wolfhart disposava d'algun altre còmplice que, per temor o per diners, li donava suport.

Necessitava ajuda perquè estava malalt. No es trobava en condicions de fugir. Però sí de romandre en algun domicili ocult o en algun amagatall fins que hagués passat un quant temps:

Wolfhart no sabia encara qui el buscava ni per què. En podien ser molts, no li faltaven enemics. Però el seu sisè sentit l'havia avisat que aquesta vegada hi havia perill de veritat.

En condicions normals, hauria tingut coratge i forces per intentar fer cara a qualsevol amenaça. Però la malaltia l'havia debilitat molt. Sense sentir-se indefens, se sabia més vulnerable que de costum. Necessitava protegir-se.

Tenia el costum de guardar tan sols els documents necessaris, i destruir els que poguessin comprometre'l, identificar-lo o ser utilitzats en contra seu. Però en la situació d'encalç en què se sentia, decidí ser més dràstic que de costum: en conservaria només els imprescindibles i llançaria al foc la resta.

Quan va arribar el torn a les escriptures de compra de l'heretat Carvacchi, deixà vagar el seu pensament i murmurà:

—El meu millor treball, la meva obra magna, va quedar en aquella immensa casa. Ningú no sabrà mai que allà vaig assolir la corona suprema dels nigromants.

Després d'uns moments de vacil·lació, va lliurar aquells documents a les flames. Sabia que no tornaria mai a Monteforte. Aquell capítol de la seva vida s'havia acabat per sempre.

Albano esperava interrogar Wolfhart com més aviat millor. Sabia que l'espera no seria gaire llarga. Trieste no era prou gran perquè pogués restar ocult gaire temps. Un petit exèrcit format per sacerdots, canonges, monjos i persones de confiança feien indagacions pertot arreu. A més, sobre Wolfhart pesava una ordre de captura: també el buscaven els tribunals. I les sortides de la ciutat eren vigilades.

Trobar-lo era ja qüestió de dies. O potser d'hores solament.

Giovanni Conti volia fer una proposta. Ho havia pensat molt. I confiava tenir prou coratge quan arribés el moment de la veritat.

A la primera ocasió en què va poder exposar les seves impressions davant d'Amadio, Lombardi, Bolsena i Olmi, es referí a Claudia dient:

—Tot i que no ho sembli, ella ens demana ajut. Amb les seves mirades, amb el seu silenci. Ens necessita. No podem deixar-la abandonada a la seva sort.

—Naturalment que no. S'està fent i es farà tot allò que es pugui —va dir el doctor Olmi—. Però, digui'm, ha notat avui en ella cap senyal de millora?

—No, al contrari, la veig cada vegada més perduda. Encara que no ho sembli, crec que pateix. L'hem d'ajudar d'una manera més directa.

—Per exemple? —va preguntar l'alcalde.

—Em fa molta por, ho reconec, moltíssima, però em sembla que entraré tot sol a la Casa Fosca. Espero que així podré entendre el que li passa a Claudia.

Aquella afirmació va provocar la reacció immediata del doctor Olmi:

—Ha perdut el seny? Vol augmentar el nombre de persones danyades per la casa Carvacchi? Ja no hi ha lloc per a més experiments. La seva generositat l'honora, però és una insensatesa. Des de quan la millor manera de salvar algú de les flames és llançar-se a la seva mateixa foguera?

Amadio també s'hi va oposar:

—El doctor Olmi té raó. No és passant un tràngol similar al que ha patit Claudia com l'ajudarem. I podria vostè sortir-ne encara més malparat. Llavors tindríem dos casos. Seria massa. I no oblidi que moltes altres persones, com el doctor Olmi, el professor Lombardi i el senyor Bolsena, aquí presents, van viure allà moments de malson i no per això poden ser més útils a Claudia. Sabem molt bé, per desgràcia, que aquella casa encara pot fer molt mal. Lliurar-li una altra víctima seria imperdonable.

Giovanni no hi va insistir. Però no havia renunciat a la idea. Pensava que potser era l'únic camí per arribar al cor del problema.

Els generosos i arriscats propòsits de Giovanni Conti van rebre poques hores després un revés poc menys que definitiu:

De manera bastant aparatosa, es va consumar per fi l'anunciada clausura judicial de la casa Carvacchi.

S'hi van presentar tres agents de la judicatura. Van precintar i barrar tots els accessos possibles, i van enganxar, a la porta i als murs, extractes de l'ordre de tancament als quals s'especificaven severes sancions per als infractors.

Cap d'ells no va entrar a l'edifici ni va treure el cap a l'interior. Tenien ben assumit que era una cosa que havien d'evitar a tot preu.

Un dels comissionats va comentar a Salvatore Bolsena:

—L'ordre ha vingut de molt amunt, de la mateixa Venècia. I diversos cardenals de Roma també hi han participat. Val més que no s'acosti ningú a aquesta casa i, molt menys encara, que intenti entrar-hi. De moment, no s'hi posarà vigilància permanent, tot i que no es descarta per a més endavant. Però sí que hi haurà inspeccions freqüents per verificar que els precintes estan intactes.

Giacomo Amadio va presenciar aquella actuació des d'una certa distància.

—Potser val més així —va comentar, en contra d'altres opinions seves expressades aquells dies—. No avançarem, però tampoc no hi haurà nous desastres.

—Temo que tots els possibles camins d'investigació s'acaben davant d'aquesta porta segellada —va dir el doctor Olmi, que era al seu costat.

—En queda un d'obert: el que condueix a Claudia. Ella, a causa de l'estat en què es troba, pot ser el secret vivent i l'arca que conté la resposta. Si aconseguim que recuperi la parla i el ple enteniment, potser tindrem algunes incògnites resoltes.

LA TINA D'AIGUA

L'endemà, Giovanni es va llevar més d'hora que de costum.

S'havia despertat amb el rastre d'un somni encara viu a la memòria.

Com un present, la nit li havia deixat una breu escena o, més ben dit, una imatge en moviment, però molt nítida i clara.

Hi apareixia Claudia, ja retornada a la seva manera de ser natural. Estava radiant, serena i plena de tendresa. Amb un somriure preciós estenia els braços per donar-li les gràcies per totes les estones que havia passat al seu costat quan se sentia extraviada i el necessitava tant.

Giovanni va pensar que aquella resta de somni podia ser un avís. Potser Claudia havia experimentat una gran millora o una tornada completa a la normalitat.

Es va vestir de pressa i, sense menjar res, abandonà La Corneta d'Or. Amadio encara no havia sortit de la seva cambra. Va recórrer la distància fins a la casa de Giacobbe Lombardi amb la confiança de trobar-hi grates i esperançadores novetats.

La porta estava entreoberta. Giovanni va entrar sense trucar, com havia fet altres vegades, i anà a la cuina. Tot i que encara era aviat, es pensava que allà serien Claudia i Lisabetta, com de costum, esmorzant.

Va saludar en veu alta, per donar a conèixer la seva presència, abans d'arribar a la cuina. No li van respondre. Quan va travessar el llindar es trobà una cosa molt diferent del que esperava.

Claudia estava sola, dreta, dins d'una tina de fusta. L'aigua la cobria fins a gairebé els genolls. Estava despullada. La llum del matí l'embolcallava amb una resplendor ambarina que la feia semblar mig irreal.

Només era possible una explicació: Lisabetta la banyava i per algun motiu havia sortit de la cuina deixant el bany a mitges.

Claudia va notar que havia entrat algú i girà el cap a poc a poc.

La seva mirada es va aturar en Giovanni. Però no va demostrar sorpresa en veure'l ni vergonya pel fet d'estar despullada. Ni tan sols semblava adonar-se que ho estava.

Ell no podia deixar de mirar-la. Sabia que per decència i lleialtat havia de fer mitja volta i sortir de la cuina en aquell mateix instant. Però no ho va fer, no va tenir prou voluntat.

Havia vist dones despullades en diverses circumstàncies. A Nàpols era una cosa que s'aconseguia amb facilitat, i més si un podia desprendre's d'unes quantes monedes i acudia a determinats indrets.

Però la nuesa de Claudia el tenia fascinat. La seva pell era tan lluent i tan blanca que semblava que era llet i no pas aigua allò amb què la banyaven.

El seu cos de dona nova, amb traços i membres de gasela, era un llenguatge, una harmonia de formes i de senyals que deien moltes coses, que en despertaven moltes més.

Giovanni estava sorprès. No havia pensat que ella, tan jove encara, el pogués atreure d'aquella manera.

Desitjava acostar-se a Claudia, volia acariciar-la i abraçar-la, inventar una manera de besar algú que hi era i no hi era, que era com si hi fos moltes vegades.

Va avançar uns passos cap al cubell de bany. Claudia el veia acostar-se amb una mirada molt absent i molt propera.

Era com si estiguessin sols del tot, com si no hi hagués ningú més en un gran radi de temps i de distància.

Giovanni la va sentir sota les seves mans lentes i atrevides, càlida, llisa i gràcil com cap altra, amb la humitat neta del bany, amb el bany de la llum del matí. Les seves mans eren les mans d'un artista dels cossos, amb cada nova carícia ella era més bonica, la sentia més a prop de com recordava haver sentit totes les que havia conegut...

Tot allò ho va imaginar sense arribar a tocar-la, ni tan sols a fregar-la.

En la situació en què Claudia es trobava hauria estat una vilesa i una traïció a la confiança que havien posat en ell.

Giovanni només es va permetre, perquè creia que amb això no feia cap mal a Claudia, mirar-la uns moments més perquè la seva imatge al cubell se li quedés a la memòria de manera que no es pogués esborrar fàcilment.

Es disposava a fer mitja volta per sortir i tornar més tard com si no hagués estat abans allà aquell matí, quan Lisabetta va entrar a la cuina. Duia un cistell ple d'hortalisses. Havia anat a trobar un pagès que venia des d'una aldea propera i al seu mateix carro, com a parada ambulant, venia els productes dels seus camps.

En veure Giovanni allà se'l va mirar. No li va dir res, ni li dirigí cap retret. Potser lamentava haver deixat Claudia a mig bany en sentir la trompeteta amb què el camperol anunciava la seva arribada. A Lisabetta li agradava ser la primera a arribar per poder triar les millors peces.

Ell pensà a donar alguna explicació o disculpar-se, però no ho va fer. Qualsevol cosa que digués resultaria forçada i sonaria falsa.

L'anciana va cobrir Claudia amb una tovallola de lli i demanà a Giovanni amb els ulls que marxés.

Ell va aprofitar l'oferiment i només va dir:

—Tornaré més tard.

Quan, ja a fora, va passar pel costat de les finestres de la cuina, li va fer l'efecte que, des de dins, Claudia el seguia amb la mirada.

LA BUSCARÀS A LA NIT EN QUÈ ES TROBA

Giordano Lasso semblava un home reservat i taciturn quan va arribar a Monteforte. El seu aspecte no era el que es podia esperar de l'hipnotitzador i magnetitzador en qui tant confiava el doctor Francesco Olmi. No aparentava tenir una singular energia personal ni una mirada capaç d'influir en els altres per mitjà de la suggestió hipnòtica. Feia l'efecte de ser una persona d'allò més corrent.

Això no obstant, a mesura que Olmi li anava relatant la llarga cadena de fets que havien convertit Claudia en una somnàmbula desperta, el seu rostre i la seva mirada anaren canviant.

—Mai no he conegut personalment un cas tan extrem, ni tinc notícia de cap de similar —va admetre—. Em planteja vostè un repte per al qual no estic preparat, doctor Olmi. El magnetisme hipnòtic està fent els seus primers passos, avancem gairebé a les palpentes, per tempteig, provem, assagem, intentem... Per dir-ho així, és una ciència de l'ànima que s'està despertant, i ens movem per un camp immens del qual no sabem quasi res.

—És cert el que diu, Giordano —va coincidir Olmi—, però jo no he pogut oblidar la seva decisiva aportació en el difícil cas de la dona insomne de Ferrara, ni la gran ajuda que em va oferir en el guariment del prior que havia perdut la memòria.

Lasso gairebé no va prestar atenció a aquells elogis. El seu pensament ja treballava.

—Podríem anar amb la noia a la Casa Fosca? Si l'ambient no ens angoixa gaire, tractaria d'induir-li allà un estat de tranquil·litat per diluir en la seva ànima l'espant que va passar en aquell edifici.

—La idea no és dolenta —va aprovar Olmi—, però no es podrà fer realitat. La casa Carvacchi ha estat precintada per manament judicial i és sotmesa a vigilància periòdica.

—Aleshores procurarem respectar la prohibició —va dir Lasso, encara que no descartava intentar-ho, malgrat tot, si no veia una altra manera de tornar Claudia a la normalitat.

—Ja hi arribem —va anunciar Olmi—. Aquella és la casa del professor Giacobbe Lombardi:

El mateix Lombardi, Amadio i Lisabetta van sortir a rebre'ls. Fetes les presentacions, Lasso volgué veure Claudia.

Ella era al jardí. Tenia un rosari de corall entre els dits. L'hi havia posat Lisabetta, perquè la gràcia del cel l'ajudés. Ella el sostenia sense adonar-se que el tenia a les mans.

Com quasi sempre en aquells dies, Giovanni estava al seu costat, observant-la sense fer-se notar gaire, tenint-ne cura sense aclaparar-la, com si Claudia fos una misteriosa i fascinadora criatura que havia d'emparar i protegir.

Giordano Lasso es va acostar a Claudia, la va observar de cara i tractà de percebre alguna cosa a la seva mirada buida. Va passar diverses vegades les mans davant dels seus ulls, a poc a poc, amb els canells molt flexibles, com si fos una dansa de les mans amb un significat ocult. Després li va parlar a cau d'orella, xiuxiuejant paraules que ningú més no podia sentir. De tant en tant callava i esperava alguna reacció per part d'ella. En veure que no es produïa, continuava amb les seves passades de mans i els seus murmuris de paraules.

Claudia no va tenir cap reacció especial. Semblava veure només l'aparença de les coses, sense entrar-hi ni captarne el significat.

Després van passar tots a dins de la casa, mentre Claudia i Giovanni restaven al jardí.

—Només cal veure-la —va dir Giordano Lasso—: està extraviada, és una nàufraga perduda en un mar que és només seu perquè l'ha creat ella mateixa per perdre-s'hi amb la intenció de no tornar.

Amb la veu entelada per unes llàgrimes que s'esforçava a contenir, Lombardi va preguntar:

—Podem fer res per Claudia? Els seus pares ja no poden trigar. M'agradaria oferir-los alguna esperança... entre tanta desolació.

—Qui és el jove que està amb ella al jardí? —es va interessar Lasso.

Va ser Amadio el qui va respondre:

—Ha estat alumne meu. És un xicot amb una intuïció molt especial. Per això li vaig demanar que vingués. No l'uneix res a Claudia, però gairebé no s'aparta del seu costat.

—A falta dels seus pares, és amb ell amb qui té una relació més gran d'afecte, si podem parlar de sentiments en aquesta situació?

—En aquests últims dies, sense cap dubte —va confirmar Lombardi, i Lisabetta també assentí amb el cap.

—Doncs que sigui aquest noi el qui llanci les xarxes miraculoses. M'agradaria parlar amb ell.

Giovanni va ser cridat i acudí a l'instant. Lasso li va parlar amb claredat:

—Puc estar equivocat, res no és segur en una matèria tan delicada com aquesta, però crec que podem rescatar Claudia. I tu ets el més indicat per aconseguir que el seu esperit torni a confiar-se. Quan senti que està de nou fora de perill, tornarà. El camí que va agafar no és un camí sense retorn. Et diré com ho farem. Jo la portaré a un son hipnòtic. El seu cos estarà adormit, però tindrà l'esperit despert. Llavors li oferiràs el que de vegades és el millor bàlsam: frases i paraules plenes de bellesa, d'afecte, de preciosos suggeriments. Per mitjà de les teves paraules ella ha de rebre el millor del món, les seves dolceses, les seves belleses, tot el millor que pot oferir-li la vida. Les paraules són conjurs lírics, talismans de l'enteniment, cants essencials amb poder per arribar al fons. Tu la buscaràs a la nit en què es troba per atreure-la a una tranquil·la matinada.

Un encàrrec com aquell hauria aclaparat qualsevol, li hauria fet pensar que se li demanava una cosa desmesurada, fora de les possibilitats d'una persona normal.

Però Giovanni Conti no es va espantar. La mateixa dificultat de la proposta li resultava estimulant. I era el que més li importava en aquells moments. No podia anar-se'n de Monteforte sense saber que Claudia estava fora de perill. El teatre Sant Carles podia esperar fins que tot s'hagués acabat.

RES QUE ELS ULLS VEGIN

Friedrich Wolfhart havia aconseguit, en canvi de diners, que l'ocultessin i atenguessin. Els qui el volien capturar també van aconseguir, en canvi de més diners, que els diguessin on era.

Els uns i els altres, encobridors i delators, eren els mateixos. Van cobrar de les dues parts.

Borromeo Albano havia utilitzat totes les seves influències perquè se li permetés ser el primer a parlar amb Wolfhart, i va demanar a més fer-ho tots dos sols. Considerava que una conversa cara a cara, sense testimonis, sense secretaris judicials anotant cada paraula, sense uixers, seria el millor perquè la veritat sortís a la superfície.

El domicili secret de Wolfhart era a la rebotiga d'un comerç de teles que havia cessat en l'activitat uns mesos abans a causa de la defunció de l'amo.

Com acostumava a fer en els moments crucials, Borromeo Albano, abans d'entrar, es va despullar de tota emoció o sentiment. No volia que el menyspreu o l'aversió que sentia per l'home que anava a veure li llevessin claredat d'idees. I no volia tampoc que el dominés l'arrogància per tenir-lo acorralat i, en gran manera, vençut per endavant.

Neutre, concentrat i fred, es va obrir pas amb mà ferma a través de diverses cortines successives fins a arribar al reducte on es trobava el seu adversari.

L'estança no era bruta ni indigna. Hi havia un mobiliari succint però confortable. Wolfhart estava assegut al llit. No demostrà sorpresa en veure Albano.

No sabia qui, però esperava algú. Tenia la certesa que l'havien traït.

Es van observar mútuament. En aquells primers instants, com en el preàmbul d'un duel, el silenci era indispensable. Tots dos el van guardar.

Wolfhart estava molt prim i demacrat. Veient-lo allà costava de creure que hagués sembrat la por i fet tant mal a Monteforte i a molts altres llocs.

No era encara un moribund, però sota la pell del seu rostre començava ja a perfilar-se l'estampa esfilagarsada de la mort.

—No m'agrada aclaparar els malalts —va anunciar Albano amb eixutesa—. Per la meva banda, aquesta conversa serà molt breu. Només vull unes respostes. Quan les tingui, me n'aniré —va assegurar, sense esmentar que a continuació entrarien a detenir-lo.

Wolfhart havia reconegut el seu adversari. Veure allà una autoritat eclesiàstica del rang de Borromeo Albano li va donar la mesura exacta de fins a quin punt estava acorralat. Sabia que era un perseguidor tenaç i incansable. Però, obscurament, es va sentir afalagat. Va pensar que el dominic era un instructor d'un nivell adequat per a la seva causa. Essent ja inevitable la derrota, no li hauria agradat tenir al davant un exorcista sense prestigi o un simple subordinat amb una ordre de captura a la mà.

—Què vol? —va preguntar de sobte, esquerp, espetegant, amb agra hostilitat.

Albano va aplicar el seu mètode: avançar en línia recta sense perdre's mai en qüestions secundàries.

—Vostè va comprar l'heretat dels Carvacchi, a Monteforte, hi va estar uns mesos amb un criat i després tots dos van marxar del lloc —va dir Albano, com a preàmbul, abans d'entrar immediatament en l'acusació—: Des d'aleshores la casa s'ha convertit en un indret infestat, en un sacrilegi que ofèn Déu Nostre Senyor. Què va fer allà per instaurar aquella blasfèmia que causa tant sofriment?

—Vostès van inventar l'infern. Jo l'he fet realitat —va respondre Wolfhart amb duresa, i afegí amb aspra ironia—: De què es queixen?

Albano va posar uns altres tres falcons en l'aire:

—Quina és la naturalesa d'aquell infern? Com es va fer realitat allà? Quant temps perdurarà?

Wolfhart va apuntar una ganyota complaguda i burleta, però no va donar contestació.

Sense immutar-se, com si actués davant d'un tribunal invisible, Borromeo Albano continuà parlant amb la monòtona fredor d'una clepsidra:

—Allà hi ha alguna cosa que corromp la imaginació i li fa concebre idees paoroses. Allà hi ha alguna cosa que trastorna l'esperit fins gairebé fer-li oblidar que existeix el que és sagrat. Allà hi ha l'essència del Mal en una dimensió mai coneguda fins ara. Quines forces vas invocar? Quines aliances et van ajudar a crear aquella pestilència de l'ànima?

Wolfhart es va prendre temps abans de respondre i digué amb desdeny:

—En anar-me'n vaig deixar la casa ben tancada. Tinc ple domini sobre ella per tal com sóc el seu únic i legítim amo. El que hi ha allà no li importa a ningú. Sense el meu consentiment, no s'hi pot entrar. Les claus encara les tinc jo —va precisar, tot i que no recordava, ni li importava saber-ho, on eren, ja que no les tornaria a fer servir—. El que pugui haver succeït als qui hi hagin entrat sense la meva autorització no m'incumbeix, no ho vull ni saber, i no se m'ha de molestar per això.

Albano va continuar tutejant Wolfhart per fer palès que estava en clara situació d'inferioritat:

—No parlem d'un simple litigi de claus i dominis. L'aberració que vas crear ha de ser suprimida de la Terra. Et commino, per la teva salvació, per la teva pròpia eternitat, a dir la veritat ara. Si ho desitges, et puc oir en confessió. El secret del sagrament m'obligaria. No podria repetir res, davant de cap tribunal, davant de ningú, d'allò que em diguessis. T'ofereixo la suprema esperança, Wolfhart. D'altres pitjors que tu s'hi van acollir en circumstàncies semblants.

Wolfhart deixà escapar una riallada ronca i sarcàstica i replicà:

—Això és el que li agradaria que jo fes! Sí, li encantaria que ara m'esfondrés, acovardit perquè la mort ja em ronda, i li implorés perdó i absolució entre sanglots i tremolors, i que confessés pactes amb el Diable, o invocacions a esperits malignes, o crims nigromàntics, o ritus de bruixeria farcits de pràctiques degenerades, o misses negres oficiades amb sang... —Wolfhart va interrompre l'enumeració, mirà fixament Albano com si volgués tenir-lo allà, silenciós, dominat, quiet com una estàtua, obligat a escoltar-lo, i anuncià—: No faré res d'això. No hi haurà cap confessió ni cap secret per guardar. No li donaré la carnassa que espera. Al llarg de la meva vida he parlat moltes vegades d'aquestes coses. Dóna un resultat formidable. No hi ha res com fer creure a la gent que ets un poderós practicant de la màgia negra perquè et temin, et lliurin tot allò que els demanis i es rendeixin davant teu de manera completa. Podria esmentar-li noms fins a cansar-me, alguns d'esferes molt altes, però els callaré. Jo també sé respectar secrets de confessió —va assegurar, somrient de manera sòrdida—. Sí, van ser molts els qui vaig convèncer que jo professava les obscures arts màgiques amb l'ajut de poders sobrenaturals. Però ara ja no necessito impressionar ningú, ni tornar a utilitzar les velles frases, les desgastades faules, les mentides ràncies ni els terrors imaginaris. No em va caldre res d'això per crear la meva obra magna a la casa Carvacchi.

—Aleshores, què hi ha allà? —va preguntar Borromeo Albano, ferm, impàvid, avançant cap al centre de l'espiral.

—Res que els ulls vegin —va dir Wolfhart tancant els seus—, però amb molta més força que els encantaments, els sortilegis, les malediccions, les invocacions i els ensalms. Una font vertadera de pànic i d'horror. Una cosa que sota formes canviants existirà pels segles dels segles i no podrà ser suprimida de la Terra. I vostès, contra això, no tenen ni tindran cap poder.

AL MAR DE LES PARAULES

Sense que canviés gairebé res, a l'habitació de Claudia s'havia produït una gran transformació.

Ara era una cambra de suggestió a la qual Giovanni Conti, sense cansar-se, o sense notar que es cansava, estava al costat de la Claudia, sumida en un son hipnòtic per Giordano Lasso, i amb paraules i frases intentava formar un pont de plata pel qual ella pogués tornar a la consciència.

Tenir Claudia al seu costat, adormida d'aquella manera, com encantada, i estar dedicat a salvar-la, li havia recordat llegendes antigues de donzelles adormides que calia alliberar d'un sortilegi. I tot i que ell no comptaria amb l'ajut de fórmules màgiques ni de beuratges per neutralitzar embruixaments, disposava de l'ajuda de Giordano i de la força fabulosa del llenguatge.

Començar li havia costat bastant. En les primeres hores només li venien frases i expressions càlides i afectuoses del llenguatge corrent. I per bé que les deia a Claudia amb molta tendresa i molt d'afecte, a poc a poc, perquè li arribessin molt endins, li semblava que no eren encara prou poderoses.

—... ja ha passat tot, Claudia, no has de tenir por de res, res del que et va espantar no es repetirà, només t'esperen coses bones, i gent que t'estima, i rialles i alegries, i l'emoció de viure moments nous, la vida que t'espera valdrà molt la pena, viure és el més fabulós que tenim, estaràs molt bé quan tornis...

Després, el seu desig de salvar-la li va encendre la inspiració i anà trobant un llenguatge molt més captivador. Volia oferir-li no solament afecte i esperances, sinó també, com havia dit Giordano Lasso, tot l'atractiu i la bellesa del món per mitjà de les paraules que passaven per la seva veu. Sota la mirada aprovadora i estimulant de Lasso, va anar component un poema que tenia per objecte oferir el món a Claudia d'una manera tan suggeridora que ja cap record terrorífic no li impedís respondre a la seva crida:

—... t'ofereixo, Claudia, paraules i visions molt belles a les quals no pots renunciar perquè són teves, els vents i les onades dels mars s'uneixen per oferir-te la blancor de l'escuma, les garses t'esperen als núvols per volar amb tu, les grues surten del fons de les valls i volen al capdamunt de l'aire per mostrar-te el camí, les libèl·lules d'anells daurats guien la teva mirada per un blau de somni que el cel ha pres de si mateix als mars sagrats, a través de l'aire t'arriba la fragància de jardins plens d'estàtues portades des de tots els indrets de la Terra, els teus ulls s'omplen de llacs que són obres immemorials del Temps...

Quan se li esgotava el cabal d'imatges, feia pauses i buscava nova inspiració en la biblioteca del professor Lombardi. A les obres d'Homer, de Virgili, de Dant, de Petrarca i d'altres grans autors lírics del món trobava nou aliment i d'aquells llibres feia sorgir rius lluminosos de paraules per a Claudia.

A més de Lasso, que estava sempre a prop de Giovanni, i de vegades li donava alguna indicació, per bé que li deixava quasi tota la iniciativa, es trobaven sovint a l'habitació Lombardi, Amadio, Lisabetta i també en algun moment Bolsena, Umberto i el pare Mario, qui havia decidit romandre a Monteforte fins que tot arribés a bon port.

Però quan alguns d'ells eren allà, restaven en la penombra, sense dir res, sense fer notar la seva presència, com un cor invisible i mut, ajudant amb el seu desig, cridant també Claudia en silenci.

El que havia començat com una situació desesperada era ara un bell experiment de recerca d'una noia extraviada dins de si mateixa.

No havia ocorregut res d'igual en tota la història del món.

LA SUBSTÀNCIA DE LA POR

Friedrich Wolfhart va fer el moviment amb inesperada rapidesa.

Albano arribà a veure per un moment alguna cosa entre les seves mans. L'havia tingut oculta sota els llençols. Era una forma arrodonida, de la mida d'un projectil de canó de calibre mitjà.

—Subjecti'l! —va cridar Wolfhart, i l'hi va llançar amb força.

Quan l'objecte volava en l'aire de l'habitació, Albano va pensar que el seu adversari el volia matar. Va obrir les mans per protegir-se, però només aconseguí que el cop al pit fos menys dolorós. La força de l'impacte li va fer fer un pas endarrere i li tallà la respiració uns moments, però va poder retenir el paquet entre els braços.

—No se li acudeixi deslligar-lo, i encara menys desembolicar-lo i obrir-lo, si no vol embogir! —va advertir Wolfhart.

Havia aconseguit desconcertar gairebé del tot Albano, la qual cosa era molt difícil.

—Què és això? —va preguntar el dominic, amb l'objecte entre les mans, com si fos una criatura monstruosa, palpant la seva duresa sota les voltes de tela aspra.

Wolfhart va respondre amb triomfal amargura:

—La resposta a totes les preguntes que m'ha fet, i a totes les que encara li quedaven per fer-me! Aquí hi és tot, no hi ha res més!

—Quina matèria és aquesta?

—Jo en dic la substància de la por. Sublim, prodigiosa, subtil, invisible i... aterridora. Obre les portes de l'infern a qualsevol indret de la Terra.

—Això és tot, Wolfhart? No hi ha res més? N'hi ha prou amb aquesta substància per infestar un edifici i convertir-lo en un lloc de malson?

—Amb el que té ara entre les mans, es podria inundar d'espant durant mesos un espai tan gran com l'interior de la casa Carvacchi.

—Com arriba a envair-ho tot, com impregna fins a l'últim racó?

—Es dissol en l'aire, a temperatura normal, per sublimació, i es converteix en un vapor subtil, invisible, de gran estabilitat i durada. Amb immensa lentitud, sense parar, omple l'ambient de petitíssimes partícules, emmetzina l'aire i la imaginació d'aquell qui sense saber-ho el respira. És irresistible.

Albano va llançar una altra tríade de preguntes:

—Com ho vas aconseguir, qui t'ho va vendre, d'on ve?

Wolfhart va elevar la seva protesta:

—No m'ho va vendre ningú, ho vaig crear jo mateix! Llàstima que ho vaig obtenir tard, quan ja havia cremat bona part de la meva vida. M'he pogut servir del seu poder uns quants anys, però han tingut gust de poc, de gairebé res. Una part de la meva vida ha transcorregut entre retortes i matrassos. Vaig voler obrir de nou els laboratoris secrets de l'alquímia clàssica. No sabia ben bé el que buscava, però confiava que a l'últim trobaria alguna cosa que em concediria poder. La matèria té encara molts secrets per lliurar-nos. Jo li'n volia arrencar uns quants. Sabia que en altres èpoques s'havien emprat secretament substàncies, de vegades ocultes en fermalls o medallons dotats d'orificis, que se sublimaven lentament i provocaven en la persona que els lluïa esvaniments, inestabilitat, angoixa i pèrdues de consciència. Vaig voler aprofundir aquesta via. Els verins de la ment podrien ser un eficaç instrument de dominació i de poder. Jo vaig ser el primer a patir els torturadors efectes de la substància de la por. Em va escometre per sorpresa, al laboratori, quan tenia diversos processos en marxa. Em vaig pensar que no ho podria resistir. Però, al mateix temps que intentava esbrinar quina de les substàncies produïa aquell efecte, vaig comprendre que es tractava d'una troballa de possibilitats insospitades.

Albano havia arribat a una conclusió:

—Aleshores, els cops que es van sentir a Monteforte obeïen a la necessitat de...

Wolfhart no el deixà continuar:

—Calia situar petits fragments de la substància a molts indrets perquè es disseminés pertot arreu. Vam haver d'obrir forats, allotjaments, orificis, cavitats. Havien d'estar dissimulats, per no ser descoberts a simple vista, però havien de quedar oberts en part. La substància de la por se sublima a poc a poc quan entra en contacte amb l'aire. Mentre està recoberta i aïllada, com aquesta, es manté estable.

—On tens la matèria restant?

Wolfhart va respondre amb visible tristesa:

—No n'hi ha més. És la resta final.

Albano va deixar l'objecte en una calaixera i continuà avançant terreny:

—I la fórmula, el secret de la seva obtenció, a qui més el vas confiar, a quin lloc s'amaga, quan es farà servir de nou?

—No hi ha fórmula, recepta ni procediment anotat. Ni jo mateix podria ara, encara que recuperés totes les meves forces, tornar a produir la mateixa substància. Va sorgir entre diversos processos de laboratori que es desenvolupaven alhora. Va ser el fabulós fruit inesperat de les meves recerques alquímiques. Necessitaria molt de temps, potser anys, per repetir la troballa. Però no ho podré fer. La Dama Negra ja ve a buscar-me. Ni tan sols m'ha deixat arribar a Mannheim, que és on tinc la meva fortuna en lloc segur. Amb ella al meu abast, no hi hauria hagut manera de caçar-me. Però que ningú canti victòria, ni a la maleïda Roma ni a cap altre lloc. Hi haurà d'altres que obtindran de nou la substància, o potser altres de més poderoses encara. En podran sorgir variants, però una cosa és segura: el tortuós camí està obert i ja no es podrà tancar mai.

A Wolfhart se'l veia cada vegada més fatigat. El seu aspecte empitjorava. La seva imatge consumida produïa aversió però també, en certa manera, llàstima. Albano va plantejar la pregunta final. Ni la compassió ni cap altra cosa no li haurien impedit formular-la:

—Abans d'anar-me'n necessito conèixer la clau última. Per què malgastar una quantitat considerable de la substància infestant un indret tan remot i oblidat com la casa Carvacchi? Diverses persones n'han patit les conseqüències. Hi ha hagut una mort. S'ha originat una onada de por i sofriment, fins i tot entre els qui mai van ser allà. Què has guanyat amb això?

Wolfhart va acompanyar les seves paraules amb un gran menyspreu:

—Ja ho he dit: ni aquesta mort ni tota la resta no em concerneix! Jo no els vaig cridar ni els vaig induir a entrar-hi. El que els hagi passat és només cosa seva. Jo no tenia interès que els succeís res. Per a mi ells no existien.

—A qui, aleshores, era destinada la infestació de la casa Carvacchi?

La veu de Wolfhart va adquirir vigor per donar la resposta:

—Al qui millor hagués sabut apreciar el seu poder i sucumbir davant seu, al meu avorrit i odiat Hettore di Trento.

Albano sabia bé qui era el nefast personatge anomenat per Wolfhart. L'últim hereu de l'escola renaixentista de màgia negra. En un principi, fins que no va aparèixer el nom de Wolfhart, s'havia pensat que el causant dels fets de la casa Carvacchi era precisament Di Trento.

—Ell sempre havia dit que era molt superior a mi, que només ell tenia veritables aliances amb les forces tenebroses —Wolfhart va arrufar burlonament els llavis—. Li vam preparar una infestació com no s'havia fet mai. Era la meva obra magna, el meu treball de més envergadura, per demostrar-li que era jo el qui havia guanyat per fi la nostra vella partida. Quan vingués no trigaria a quedar aterrit. Com a membre de l'antiga i caduca escola, hauria intentat protegir-se amb el seu vell repertori de ritus superats: figures traçades a terra, fórmules en llengües mortes que ja no entén ningú, trucs per fer aparèixer flames blaves en l'aire, peticions d'ajuda als negres arcàngels... —Wolfhart deixà anar una riallada profunda, gutural, carregada de menyspreu—. El seu fracàs i la seva derrota haurien estat inapel·lables. La casa era una trampa perfecta perquè algú com ell acabés ensorrant-se. El vaig desafiar, li vaig dir que ja era hora que mesuréssim les nostres forces de manera frontal i directa. Va respondre amb arrogància, va dir que hi acudiria per donar-me un escarment definitiu i reduir-me al silenci per sempre més.

Wolfhart va tenir un accés de tos causat per la mateixa tensió amb què parlava. Quan li va passar, va prosseguir:

—Van arribar les dates acordades i no va comparèixer. El vam esperar en va. Em vaig pensar que s'havia fet enrere tement que li hagués preparat alguna cosa que no podia superar. La seva incompareixença es podia prendre com una derrota anticipada. Però jo el volia veure allà, amb la cara deformada per la por, incapaç de comprendre quina era la causa del pànic que l'embogia. Quan per fi va arribar el meu segon criat, que era el qui havia d'haver-lo acompanyat fins a Monteforte, vam saber la veritat. Hettore di Trento havia mort de manera sobtada a Verona quan anava cap a la casa Carvacchi.

Wolfhart va restar callat uns moments. Semblava imaginar-se una vegada més l'enfrontament que no havia arribat a produir-se.

—Ja no hi havia motiu per continuar a aquella casa, Di Trento no arribaria mai. Al cap de dos dies, vam marxar, posant, com a darrer adéu per a Hettore, llum a dos finestrals, perquè el guiessin com a fars en el seu camí cap a l'infern. La substància estava disseminada quasi pertot arreu. Només n'havíem deixat exemptes algunes zones per on nosaltres ens movíem. Hauria estat una tasca inacabable, i en molts casos impossible, recollir-la de totes les cavitats i tots els allotjaments on l'havíem ficat. La vam deixar allà perquè es continués sublimant durant els mesos següents fins a desaparèixer del tot.

Wolfhart estava molt fatigat per l'esforç que havia fet en explicar-se, però encara va poder afegir, mirant Albano amb ulls gairebé suplicants:

—El nostre enfrontament final no es va poder celebrar, però jo tenia assegurada la victòria per endavant. Quan escrigui el seu informe digui que jo vaig aconseguir el que no havia aconseguit ningú. Amb mi ha començat una nova època. Aviat ja no hi seré, però la meva corona serà sempre innegable. Digui-ho així en honor a la veritat.

Després d'aquelles últimes afirmacions, Wolfhart va caure en un ensopiment que el deixà endormiscat al cap de poc.

Borromeo Albano va agafar la substància de la por, la camuflà sota les seves vestidures eclesiàstiques i sortí de l'estança.

Als agents judicials que esperaven a fora només els va dir:

—Ja he acabat. Poden procedir a la resta.

EL SORTILEGI DE L'AURORA

Hi va haver un primer avís, un indici, un senyal que anunciava canvis.

Després de moltes hores rebent la gran marea de paraules que li oferia Giovanni, un somriure molt lleu va aparèixer als llavis de Claudia.

Giordano Lasso va ser el primer a adonar-se'n. A l'instant, per mitjà d'un petit gest, ho va fer notar a Giovanni.

Era com si comencés a obrir-se una petita flor en un erm.

Una flor que podia ser l'anunci de moltes altres que s'obririen a continuació.

Un somriure que podia ser el senyal que ella ja tornava.

Giovanni es va emocionar. Tenir finalment, després de tantes hores sense la més petita reacció, un indici que ella rebia el riu de paraules i que li causava benestar, o alegria, o confiança, o ganes de recuperar-se, o totes aquelles coses alhora, li va donar encara més inspiració i va compondre un poema d'aurora i de benvinguda creat per a Claudia.

El camí de tornada estava obert. Ella ja tornava del Nores en què s'havia refugiat, amb el perill d'estar allà perduda molt de temps.

Al cap de poca estona, aquell esbós de somriure es va convertir en un somriure franc i obert.

Seguint les silencioses instruccions que li donava Lasso, Giovanni, sense deixar de parlar-li, l'agafava per les mans, li acariciava suaument les temples amb els polzes i feia tot el que podia per fer-li sentir la seva presència com una invitació més a tornar.

Lisabetta va entrar en aquells moments a l'habitació. En veure el que ocorria, es va commoure i li van brollar unes llàgrimes. Tot i que s'hi hauria quedat de gust per si podia ajudar en res, anà a donar la notícia a Lombardi, que era a La Corneta d'Or amb Amadio i Olmi, en espera d'esdeveniments.

A les sis i vint-i-dos d'aquella tarda, com a resultat final de les sessions d'hipnosi curativa i, sobretot, de la pluja constant de paraules talismà que li havia estat oferint Giovanni, Claudia va renéixer.

Els seus ulls acabats d'obrir van buscar primer de tot Giovanni Conti.

Es notava que volia posar rostre definit a la veu que havia estat el seu guia al reremón.

En mirar-lo, li va somriure com dient-li que abans de despertar-se ja sabia que el seu pigall havia estat ell.

document 1

UN DUEL AL MÉS ALT NIVELL QUE NO ES VA CELEBRAR

Pàgines 21 a 23 del Quadern personal del professor Giacomo Amadio, escrites a l'estiu del 1792, a Pàdua.

Ara, passat un quant temps i tornades les aigües al seu curs, des de la calma del record, vull fer constar aquí les meves últimes reflexions sobre el cas Wolfhart per si en el futur poden ser d'interès per a algú.

Des del meu punt de vista, els esdeveniments de l'anomenada Casa Fosca van marcar el principi de la fi d'una llarga època en la història de l'obscurantisme i la superstició i el començament d'una altra era plena d'incerteses.

Tot va succeir a causa d'un duel al més alt nivell que no es va celebrar. Friedrich Wolfhart (per continuar utilitzant, d'entre els seus molts noms, el que va fer constar en la compra de l'heretat Carvacchi) va voler atreure fins allà el seu rival més avorrit, el seu més gran adversari i contrincant, l'ú-

nic que li podia disputar la corona de la nigromància entre la Tirrena i l'Adriàtica, i sotmetre'l a una aclaparadora i definitiva demostració de superioritat.

La idea era clara: humiliar i derrotar mitjançant la por algú com Hettore di Trieste, mestre consumat en la utilització de tota mena de recursos i enganys per sotmetre i rendir els altres per mitjà de la por, i provocar-li la desesperació de no poder comprendre què era allò que el terroritzava.

Els habitants de Monteforte i nosaltres els forasters vam ser simples actors secundaris en un drama invisible del qual res no sabíem. Wolfhart no ens hi havia assignat cap paper, però a l'últim el vam representar quan ell ja era lluny.

Ens vam proposar trobar una explicació als estranys esdeveniments o elaborar alguna teoria que ens permetés comprendre'ls. Però no podíem sospitar que hi havia allà, oculta en petits allotjaments quasi inapreciables, una substància amb un poder tan arrasador, inodora, imperceptible, sublimant-se sense parar amb extrema lentitud i omplint l'ambient amb les seves invisibles partícules.

I el destinatari d'aquella trampa, aquell per al qui va ser creada tan gegantina capsa de Pandora, no va arribar mai perquè es va interposar al seu camí una cita de rang superior: la de la mort.

Però la trampa va continuar activa i el seu irresistible poder es va manifestar en tots els qui hi van entrar sense saber el que els esperava allà en la foscor.

Som molt vulnerables a una substància com la que va obtenir Wolfhart. I és la nostra pròpia capacitat mental la que dóna força a un producte que emmetzina la imaginació i l'omple de continguts paorosos.

La mateixa capacitat que ens permet arribar al cor dels secrets de la ciència, assolir l'èxtasi místic, crear formes artístiques, desenvolupar profunds pensaments o imaginar coses prodigioses, aquesta mateixa potència tan extraordinària, quan pateix alteració, se'ns pot girar en contra i fer-nos concebre inferns.

En la nostra mateixa grandesa rau la nostra debilitat. Per això hem de recordar sempre que som vulnerables i protegir-nos i guardar-nos de tot allò que pugui enterbolir el nostre pensament.

El precintament de la Casa Fosca va ser revocat i les seves portes es van obrir de nou.

Calia comprovar si el que havia dit Wolfhart era veritat. No es podia fiar tot a les seves declaracions encara que aportessin una explicació que encaixava amb els fets.

S'hi van trobar nombroses cavitats obertes recentment, moltes arran de terra, i quasi impossibles de descobrir a simple vista. En algunes quedaven residus de la substància de la por que encara no s'havien volatilitzat del tot. Però en obrir-se els allotjaments i augmentar el seu contacte amb l'aire, la sublimació es va accelerar i el producte es va evaporar de manera gairebé instantània.

La part que Wolfhart va llançar a Borromeo Albano es trobava en molt mal estat de conservació. La seva inicial puresa s'havia deteriorat molt a causa de les males condicions de l'embolcall destinat a evitar-ne la sublimació. Tan bon punt el van obrir, i a pesar de totes les atencions i precaucions, es va produir una vaporització pudent gairebé sobtada que va fer desaparèixer el bloc de substància en molt poc temps.

Les persones que el van manipular van patir seriosos trastorns respiratoris i digestius, barrejats amb ràfegues i fases de terror que les van trasmutar i els van causar molt sofriment.

Però, segons es va testimoniar tant a Trieste com a Monteforte, no va quedar ni una sola resta o fragment sòlid de la substància de la por de Friedrich Wolfhart per ser analitzat. El producte havia desaparegut de la Terra i el secret de la seva composició va restar com un misteri que ni el mateix Wolfhart va poder resoldre en l'escàs temps que li quedava de vida.

Aparentment, doncs, la història s'havia acabat.

Però el meu temor és que només n'hagi conclòs un episodi.

Per sort per a la humanitat, molts dels vells i arcaics terrors van sortint lentament pel fons de l'escenari de la Història.

Però d'altres entren en escena.

I cal témer que en anys vinents s'arribi a obtenir, si no la mateixa substància de Wolfhart, d'altres que també alterin i trastornin, de manera profunda, la voluntat i el pensament i obrin inferns on només hi hauria d'haver lucidesa i claredat.

Si ja ha ocorregut una vegada, cal témer que es repeteixi i que les velles causes de por del passat vagin essent reemplaçades per d'altres que provoquin un dany encara més gran.

Un cop exposat l'anterior, no desitjo acabar aquestes reflexions en to malastruc o pessimista. No tinc intenció de fer-ho, ni s'adiu amb el meu caràcter, que tendeix sempre, per naturalesa, a l'optimisme.

Al contrari, vull subratllar que el difícil cas de l'heretat Carvacchi va quedar completament resolt i aclarit, la qual cosa era el nostre objectiu principal, i l'assossec i la tranquil·litat van tornar per fi a Monteforte i la seva comarca.

I el millor de tot va ser la manera prodigiosa en què Giordano Lasso i Giovanni Conti van rescatar Claudia fent servir el somni hipnòtic i els poderosos recursos del llenguatge.

Va ser, sens dubte, un assoliment excepcional que restarà per a la Història.

document 2

ENS CONTINUAREM ACOMPANYANT SEMPRE

Carta de Giovanni Conti a Claudia, escrita al cap de poques setmanes de la seva tornada a Nàpols, tot i que sense intenció d'enviar-l'hi.

Estimada Claudia,

Em van emocionar molt les teves abraçades d'agraïment per haver-te ajudat a tornar a ser tu mateixa com abans.

Però si sabessis quant vaig gaudir cridant-te en la foscor amb les paraules, comprendràs que per a mi va ser un plaer incomparable prestar-te ajut.

Crec que, per més anys que visqui, mai no tornaré a trobar-me en una situació semblant. I, encara que semblava molt difícil, no vaig dubtar mai que aconseguiríem salvar-te. Després d'haver compartit una cosa tan única, estic segur que hem quedat units de manera permanent. Hi ha coses que no les pot dissoldre el temps. Siguem on siguem, ens continuarem acompanyant sempre.

document 3

CREC QUE JA ÉS FORA MEU

Fragment del diari personal de Claudia, escrit uns dos anys després dels esdeveniments de Monteforte.

M'ho han preguntat moltes vegades, m'ho he preguntat jo mateixa moltes més, què em va succeir a la Casa Fosca quan hi vaig anar, atreta per la ingènua il·lusió de descobrir furtivament un secret que creia que seria emocionant?

Puc recordar, com si fos ara, que vaig anar seguint una noia vestida amb un hàbit fins al pujol de la casa Carvacchi. Sospitava que ella seria el fil d'Ariadna que em guiaria fins al cor d'aquell secret.

La vaig veure entrar a l'edifici. Però va estar a dins molt poc temps. No havien transcorregut més que uns moments, i ja la vaig veure sortir. Em vaig amagar, no volia que s'adonés que jo era allà. Vaig esperar que marxés.

«Aquesta és la meva ocasió!», vaig pensar. En aquella casa hi havia alguna cosa interessant, ho donava per segur. Moltes de les frases soltes que havia captat aquells dies s'hi referien. M'imposava respecte un edifici tan fosc, però vaig decidir treure-hi el cap un moment, com havia fet la noia que semblava una novícia. No em volia perdre res, no volia renunciar a saber què hi havia allà.

Després ho comentaria al professor Lombardi. Esperava que no s'enfadés gaire i que encara em digués que havia demostrat tenir iniciativa.

Em veig de nou, com si fos ara, acostant-me a la Casa Fosca. Abans de travessar el llindar, em vaig assegurar que no venia ningú del poble.

A dins tot estava buit, abandonat, polsós. Em vaig endur una decepció. Vaig veure uns quants llangardaixos que s'amagaven a les escletxes dels murs en notar que jo passava a prop. Vaig treure el cap a diverses habitacions, no hi vaig veure més que misèria. Vaig sortir a un dels patis: era tot tan trist que el cel, vist des d'allà, semblava brut.

No aconseguia descobrir quin interessant secret hi havia a la casa. La meva petita aventura s'estava convertint en una decepció. Però no desitjava anar-me'n encara. Si tothom parlava amb frases misterioses d'aquella casa, havia de ser per alguna cosa. Em vaig ficar per un passadís amb moltes portes a banda i banda.

Va ser llavors quan va començar a agafar-me por, com quan era petita, però molta més, i em vaig sentir molt sola i ja no volia ser allà. Però quan me'n vaig voler anar em vaig espantar encara més perquè no sabia com sortir. Feia l'efecte que aquella casa era molt més gran per dins del que aparentava des de fora, i els seus passadissos i els seus patis i les seves portes extraviaven.

Aleshores em va venir una angoixa tan gran que vaig tenir ganes de cridar i cridar, però no sé si ho vaig fer o no perquè fins ara no he pogut rememorar res del que va passar després fins que la veu de Giovanni Conti em va fer néixer de nou amb les sensacions més agradables que hi pot haver.

No sé si mai recuperaré el record de l'ocorregut des que va començar a afectar-me la substància de la por fins que em van trobar uns llauradors a l'alba, però crec que ja és fora meu i no ho sabré mai. Potser val més així.

Però del que sí que tinc una empremta que no s'esborrarà és de la manera en què Giovanni em va restituir la confiança i l'alegria. Quasi tan bonic va ser el resultat com la manera en què ho va fer.

Fa ja més de dos anys que no l'he tornat a veure. I em sap greu. Però sé que un dia ens retrobarem. Ni ell ni jo no sabem on ni quan, però estic segura que succeirà.

I llavors li podré agrair, com no ho vaig poder fer aleshores, la seva meravellosa ajuda. I per no quedar-me enrere, hauré de fer alguna cosa que, com el que ell va fer per mi, no se'n pugui oblidar mai.

ÍNDEX